SCP《エスシーピー》ハンター

シャイガイを確保せよ！

黒史郎／作
古澤あつし／絵

POPLAR
KIMINOVEL

あらすじ

SCP《エスシーピー》オブジェクト

それは説明《せつめい》のつかない

異《い》常《じょう》存《そん》在《ざい》。

それらを確保《かくほ》・収容《しゅうよう》・保護《ほご》する

「SCP《エスシーピー》財団《ざいだん》」の

施設《しせつ》から、

超《ちょう》キケンなシャイガイが

脱走《だっそう》してしまった!

特殊《とくしゅ》スキルをもつ
カケルたちは、

SCP《エスシーピー》財団《ざいだん》から
シャイガイ確保《かくほ》を
依頼《いらい》されて――!?

SCP《エスシーピー》財団《ざいだん》とは?

この世《よ》に存在《そんざい》するはずのない現象《げんしょう》・モノ・場所《ばしょ》・生物《せいぶつ》などの「異常存在《いじょうそんざい》」から、世界中《せかいじゅう》の一般市民《いっぱんしみん》を守《まも》る秘密組織《ひみつそしき》。

主《おも》な任務《にんむ》は3つで「確保《かくほ》」「収容《しゅうよう》」「保護《ほご》」だ。

確保《かくほ》 Secure	異常存在《いじょうそんざい》を見《み》つけ、すみやかに回収《かいしゅう》する。
収容《しゅうよう》 Contain	財団《ざいだん》の施設《しせつ》もしくは現地《げんち》で封《ふう》じこめる。
保護《ほご》 Protect	性質《せいしつ》を理解《りかい》するため、安全《あんぜん》な方法《ほうほう》で観察《かんさつ》する。

登《とう》場《じょう》人《じん》物《ぶつ》

相《あい》原《はら》カケル

Kakeru Aihara

小《しょう》5。スポーツが大《だい》好《す》きで、
運《うん》動《どう》神《しん》経《けい》バツグン！
だれとでも友《とも》だちになれる。

スキル 〉〉〉〉〉〉〉

アクセレート

▶▶ 走《はし》れば走《はし》るほど、
どんどん速《はや》くなる！

嶋《しま》ヒナタ

Hinata Shima

小《しょう》5。カケルの幼《おさな》なじみ。
こわがりだけど、
好《こう》奇《き》心《しん》おうせい。

スキル 〉〉〉〉〉〉〉

キャンディ

▶▶ 感《かん》情《じょう》が強《つよ》く動《うご》いたとき、
さわったものを溶《と》かす！

二《に》条《じょう》アユム

Ayumu Nijyo

小《しょう》5。頭《あたま》がよくてクール。読書家《どくしょか》で、気《き》に入った本《ほん》は自分《じぶん》の記憶《きおく》を消《け》して、もう一度《いちど》読《よ》む。

スキル ››››››

イレーサー

▶▶ 左手《ひだりて》で触《ふ》れた生物《せいぶつ》の記憶《きおく》から右手《みぎて》で触《ふ》れたものの情報《じょうほう》を消《け》しさる！

ツルギ

Tsurugi

カケルたちの町《まち》にある、SCP《エスシーピー》財団《ざいだん》の基地《きち》で働《はたら》いている。

もくじ

000 霧《きり》の日《ひ》のはじまり 8
001 ウワサのオバケを見《み》にいこう 10
002 秘密基地《ひみつきち》へようこそ 35
003 オバケの正体《しょうたい》 57
004 捜索開始《そうさくかいし》！ 72
005 新《あら》たな問題《もんだい》 94

006 イライラ 105

007 シャイガイはここにいる！ 112

008 逃《に》げろ！ 122

009 ウワサが生《う》んだ怪物《かいぶつ》 133

010 3人の夢《ゆめ》 140

011 今度《こんど》こそ、シャイガイを確保《かくほ》せよ！ 148

012 任務《ミッション》のあとで 191

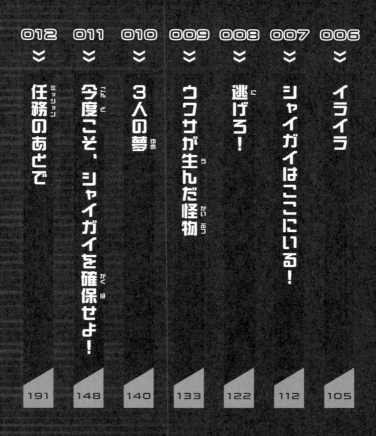

000

霧《きり》の日《ひ》のはじまり

ウーッ！　ウーッ！　ウーッ！

無数《むすう》のコンテナが並《なら》ぶ巨大《きょだい》な施設《しせつ》で、警報《けいほう》が鳴《な》りひびく。

白《しろ》いモヤの充満《じゅうまん》する部屋《へや》の中《なか》、白衣《はくい》の男《おとこ》が腕時計型《うでどけいがた》の通信機《つうしんき》にむかって叫《さけ》ぶ。

「こちらセクター6《シックス》！　なにが起《お》きた!?　だれか応答《おうとう》しろ！」

『……**ザザッ**……こちらセクター3《スリー》……**ザザザッ**……が起《お》きて……』

「くそっ、ノイズがひどいな。おい！　この霧《きり》のようなものはなんだ！」

『**ザザッ**……が脱走《だっそう》し……被害《ひがい》が拡大《かくだい》……**ザザザッ**……**うっ、うわあっ！**』

「おいっ、どうしたっ!?　応答《おうとう》しろ!!」

ブツッと通信《つうしん》が切《き》れる。

「セクター3《スリー》で脱走事故《だっそうじこ》だと？　まずいぞ。あそこには、**けっして外《そと》に出《だ》してはなら**

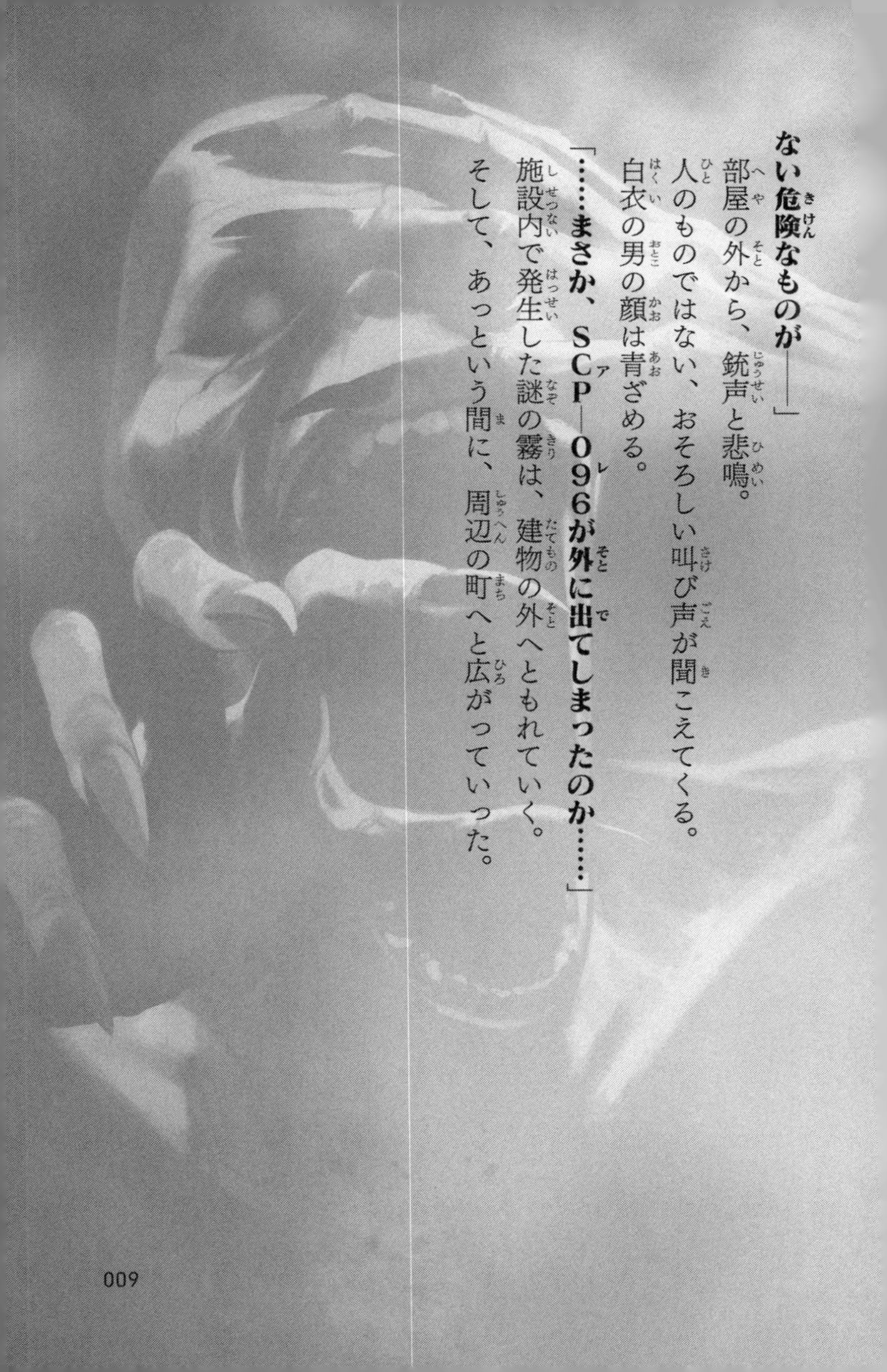

ない危険《きけん》なものが――」

部屋《へや》の外《そと》から、銃声《じゅうせい》と悲鳴《ひめい》。

人《ひと》のものではない、おそろしい叫《さけ》び声《ごえ》が聞《き》こえてくる。

白衣《はくい》の男《おとこ》の顔《かお》は青《あお》ざめる。

「……まさか、SC《ア》P―09《レ》6が外《そと》に出《で》てしまったのか……」

施設内《しせつない》で発生《はっせい》した謎《なぞ》の霧《きり》は、建物《たてもの》の外《そと》へともれていく。

そして、あっという間《ま》に、周辺《しゅうへん》の町《まち》へと広《ひろ》がっていった。

001

ウワサのオバケを見《み》にいこう

「いつまで食《た》べてるの？　いいかげん、遅刻《ちこく》するよ」

お母《かあ》さんに急《せ》かされてもカケルは箸《はし》を止《と》めず、目玉焼《めだまや》きを一口《ひとくち》でペロリ。ウインナー、ブロッコリーをほおばると、茶《ちゃ》わんのお米《こめ》を一気《いっき》にかっこむ。

「最近《さいきん》、ほんとによく食《た》べるよね。でもちょっと食《た》べすぎじゃない？」

あきれるお母《かあ》さんの前《まえ》でおかわり5杯目《はいめ》をたいらげたカケルは、やっと箸《はし》と茶《ちゃ》わんをテーブルに置《お》くと、おなかをポンポンとたたいた。

「んーっ、食《く》った食《く》ったあ、ごちそうさま！」

「やだ、もうこんな時間《じかん》。のんびりしてるヒマないよ！」

お母《かあ》さんは「ほらっ」と、カケルに通学用《つうがくよう》リュックを持《も》たせる。

「5年生《ねんせい》にもなって、朝《あさ》ごはんで遅刻《ちこく》だなんてはずかしいよ？」

「大丈夫《だいじょうぶ》だって。遅刻《ちこく》なんてしないからさ」

「なに呑気《のんき》なこと言《い》ってるの。もう8時《じ》すぎてるんだよ？　とにかく走《はし》って！」

「じゃ、いってきまーす！」

家《いえ》を出《で》たカケルは、両腕《りょううで》を上《あ》げて「うーん」と大《おお》きく伸《の》びをする。

町《まち》は今日《きょう》も、うっすらと白《しろ》く霧《きり》がかかっている。

空《そら》もかすんで陽《ひ》の光《ひかり》もぼんやりし、朝《あさ》なのにうす暗《ぐら》い。

ここ1週間《しゅうかん》、ずっとこんな日《ひ》がつづいていた。

ゆっくり深呼吸《しんこきゅう》をすると、ヒザを曲《ま》げたり伸《の》ばしたりして、屈伸《くっしん》を開始《かいし》。

身体《からだ》を左右《さゆう》にひねって、アキレス腱《けん》を伸《の》ばしながら手首《てくび》をブラブラふって。

最後《さいご》にまた大《おお》きく深呼吸《しんこきゅう》。これで準備運動《じゅんびうんどう》は完了《かんりょう》だ。

「さてと。じゃ、そろそろいくか」

かがみこんで、地面《じめん》に両手《りょうて》をつける。クラウチングスタートの姿勢《しせい》だ。

「位置《いち》について。よーい――」

ドン！

カケルは力強《ちからづよ》く地面《じめん》を蹴《け》った。

「おそーい！」

教室《きょうしつ》に入《はい》るなり、ふくれっつらのヒナタににらまれた。

「おはよ！」

「ぜんっぜん、おはやくないし！」

カケルにきびしい視線《しせん》と言葉《ことば》をむける彼女《かのじょ》は、**嶋《しま》ヒナタ**。

小学校《しょうがっこう》に入《はい》る前《まえ》から、よくいっしょに遊《あそ》んでいる幼《おさな》なじみだ。

クラスでも目立《めだ》った存在《そんざい》で、派手《はで》というか、変《か》わった趣味《しゅみ》というか、服《ふく》や身《み》につけているものがちょっと独特《どくとく》だ。

トレードマークは、いつも首《くび》からかけている**〈ネコ耳《みみ》つきヘッドホン〉**。

「先週《せんしゅう》も遅刻《ちこく》ギリギリだったよね？　夜《よ》ふかししてゲームでもしてるの？」

「ゆっくり、朝《あさ》ごはんを食《た》べてただけだよ」

それより、今日《きょう》の教室《きょうしつ》はなんだかさわがしい。そろそろ先生《せんせい》が来《く》る時間《じかん》なのに、みんな席《せき》にもつかず、なにかの話題《わだい》でわいわいと盛《も》りあがっている。

「なあ、なにかあったのか？」

「それそれ、そのことを早《はや》くカケルと話《はな》したかったんだから。あのね」

ヒナタはニンマリすると、わざとらしくヒソヒソ声《ごえ》で話《はな》しだした。

「4組《くみ》の西野《にしの》くんがね、昨日《きのう》、**丸円丘《まるまるおか》**でオバケを見《み》たんだって」

「オバケ？」

丸円丘《まるまるおか》はカケルの住《す》む叶町《かないちょう》と隣《となり》の願町《ねがいちょう》のちょうど境《さかい》にある小《ちい》さい山《やま》だ。大《おお》きなアスレチック公園《こうえん》と展望台《てんぼうだい》がある以外《いがい》、これといっておもしろいところのない場所《ばしょ》だ。町《まち》には広《ひろ》い児童公園《じどうこうえん》もあるから、わざわざ遊《あそ》びにいく子《こ》もいない。

「公園《こうえん》の中《なか》に森《もり》があるでしょ？　その中《なか》で、おじいちゃんのお手伝《てつだ》いでいっしょに山《さん》菜《さい》をとってたんだって。そしたら西野《にしの》くんだけ、**オバケを見《み》ちゃった**って」

「どんなオバケを見《み》たんだ？」

「それがね、**〈のっぺらぼう〉**だったらしいの」

カケルはオバケにくわしくないが、それはマンガかアニメで見《み》たことがある。

顔《かお》に、目《め》も鼻《はな》も口《くち》もなんにもないオバケだ。

「見《み》まちがいじゃないのか？　ほら、霧《きり》で視界《しかい》も悪《わる》いしさ」

「はあ？　なにそれ、ツマンナイ！」

ヒナタはまたふくれっつらになった。

「のっぺらぼうだよ？　ゼッタイにあの**〈ないないオバケ〉**じゃん！」

カケルは首《くび》をかしげた。

「ないない？　なんだ、それ？」

「え？　うそ、知《し》らないの？」

ガラリッと教室《きょうしつ》の戸《と》が開《ひら》いて、ツカツカと担任《たんにん》の先生《せんせい》が入《はい》ってくる。

「おーい、席《せき》につけー。もうチャイム鳴《な》ってるぞー」

みんなあわてて自分《じぶん》の席《せき》にもどっていく。

ヒナタは自分《じぶん》の机《つくえ》にもどる前《まえ》にカケルにそっと耳打《みみう》ちする。

「帰《かえ》って準備《じゅんび》したら、丸円丘《まるまるおか》のそばのバス停《てい》に集合《しゅうごう》ね」

「えっ、なんで？」

「オバケを見《み》にいくのよ。当然《とうぜん》でしょ」

「でも俺《おれ》、今日《きょう》は観《み》たいサッカーの配信《はいしん》があるんだけど」

「来《こ》なかったら、タダじゃおかないからね」

しっかり、ヒナタに釘《くぎ》をさされてしまった。

隣町《となりまち》の第四小学校《だいよんしょうがっこう》には、顔《かお》のない〈ないないオバケ〉がいる。

もう使《つか》われていない旧校舎《きゅうこうしゃ》に住《す》んでいて、たまに外《そと》へ出《で》てきては町《まち》を歩《ある》きまわり、「ない、ない」と言《い》いながら、なくした自分《じぶん》の顔《かお》を探《さが》しているそうだ。

数年前《すうねんまえ》、5年生《ねんせい》の男《おとこ》の子《こ》が「そんなオバケいるもんか」と言《い》って旧校舎《きゅうこうしゃ》にひとりで入《はい》っていったきり、もどってこなかった。

夜《よる》になっても家《いえ》に帰《かえ》らないので、警察《けいさつ》が旧校舎《きゅうこうしゃ》の中《なか》を捜索《そうさく》すると。

真《ま》っ暗《くら》な教室《きょうしつ》で、ひとり本《ほん》を読《よ》んでいる、5年生《ねんせい》の男《おとこ》の子《こ》を発見《はっけん》した。

その顔《かお》は、目《め》も鼻《はな》も口《くち》もない、〈のっぺらぼう〉だった。

〈ないないオバケ〉に、顔《かお》をとられてしまったのだ。

「これが第四小《だいよんしょう》の〈ないないオバケ〉。ほんっとに一度《いちど》も聞《き》いたことない？」

ヒナタに聞《き》かれて、カケルは「**うん、ない！**」と元気《げんき》いっぱいに答《こた》えた。

放課後《ほうかご》、ふたりは丸円丘《まるまるおか》を歩《ある》いていた。

うっすらと霧《きり》のかかる、草木《くさき》に囲《かこ》まれたゆるやかな坂道《さかみち》をのぼって、オバケが目撃《もくげき》されたというアスレチック公園《こうえん》にむかっている。

「信《しん》じらんない。うちの学校《がっこう》にも来《く》るかもって、あんなにうわさになってたのに」

「そうなのか。まあ俺《おれ》、興味《きょうみ》のあること以外《いがい》は耳《みみ》に入《はい》らないしな」

あはは、と笑《わら》うカケルを見《み》て、ヒナタはあきれ顔《がお》でため息《いき》をついた。

「カケルってサッカーとか野球《やきゅう》とか、スポーツのことしか頭《あたま》にないもんね」

「好《す》きだからな。今日《きょう》だってサッカーの試合《しあい》、ライブ配信《はいしん》で観《み》たかったよ」

「そんなのより、いまからもっとすごいの見《み》せてあげるから」

ヒナタはニィッと笑《わら》う。

「なあ、本当《ほんとう》にそのオバケがいたらどうすんだ？」

「それはもちろん」

ヒナタは**手《て》のひらサイズのカメラ**をカケルに見《み》せる。４か月《げつ》ぶんのおこづかいを貯《た》めて買《か》った自慢《じまん》のものだ。これでオバケをバッチリ撮《と》るつもりらしい。

「本物《ほんもの》のオバケが撮《と》れたら、わたし、有名人《ゆうめいじん》になっちゃうなぁ。うふふ」

「まあ、ヒナタがこわがって逃《に》げださなければ、だけどな」

「べ、別《べつ》にわたし、オバケなんて、ぜんぜんこわくないし」

そう言《い》って唇《くちびる》をとがらせながら、ヒナタはウエストポーチから棒《ぼう》つきキャンディをとりだす。いつも持《も》ち歩《ある》いているロリポップキャンディだ。

カラフルな包装紙《ほうそうし》をはがし、あらわれたピンクの丸《まる》い玉《たま》をパクッと口《くち》にふくむと、ヒナタのほっぺがキャンディの形《かたち》にぷっくりふくらむ。

ピーチの甘《あま》いにおいがしてきた。

「そうよ。オバケなんてこわくない。**わたしはいつだってクールでなきゃいけないんだから**」

まるで自分《じぶん》に言《い》い聞《き》かせるように、ヒナタはそうつぶやいた。

目的地《もくてきち》のアスレチック公園《こうえん》に着《つ》いた。

でも、公園《こうえん》の入《い》り口《ぐち》には黄《き》と黒《くろ》のロープがはられ、『**関係者以外《かんけいしゃいがい》、立《た》ち入《い》り禁止《きんし》**』

と書《か》かれた看板《かんばん》が立《た》っている。

「なにこれ」

ヒナタは困惑《こんわく》の声《こえ》をもらした。

「残念《ざんねん》だったな。これじゃ、オバケに会《あ》うのは無理《むり》そうだ」

「変《へん》よ。昨日《きのう》は西野《にしの》くんが山菜《さんさい》とりに来《き》てたのに」

「急《きゅう》に工事《こうじ》でも決《き》まったんだろ」

「こんなところで、なんの工事《こうじ》がはじまるの？」

「なんだろうな。あんまり人《ひと》も来《こ》ないし、取《と》りこわすのかもしれないな」

広《ひろ》さはあるけど、サッカーや野球《やきゅう》をするなら他《ほか》の公園《こうえん》や学校《がっこう》の運動場《うんどうじょう》で十分《じゅうぶん》だ。やっぱり、山《やま》の上《うえ》という場所《ばしょ》が悪《わる》かった。せっかくの遊具《ゆうぐ》やアスレチックコースもだれにも遊《あそ》ばれず、少《すこ》しさびしそうに見《み》える。

「ま、いいけど。**よーいしょっ**」

ヒナタはロープをまたいで公園《こうえん》の中《なか》に入《はい》っていく。

「おい、なにしてんだよ。怒《おこ》られるぞ」

「人《ひと》なんていないじゃん。それにまだ工事《こうじ》もはじまってないし、平気《へいき》でしょ」

ヒナタはどんどん先《さき》へと歩《ある》いていく。

「おい、ヒナタ。ったく、まいったな」

しかたなくカケルもロープをまたいで公園《こうえん》に入《はい》る。

ヒナタは片手《かたて》でカメラをかまえ、公園内《こうえんない》にある小《ちい》さな森《もり》の中《なか》へと入《はい》っていく。

伸《の》びた草《くさ》をかきわけて進《すす》んでいくと、やがて開《ひら》けた場所《ばしょ》に出《で》た。

このあたりは木《き》や草《くさ》が少《すく》なくて、広《ひろ》くまわりを見渡《みわた》せる。

ヒナタは、「いないなぁ」と首《くび》をかしげる。

「西野《にしの》くんがオバケを見《み》たの、このへんだと思《おも》うんだけど」

「オバケだって同《おな》じところにじっとしてないだろ」

もう帰《かえ》ろうぜ、と提案《ていあん》しようとしたら、ヒナタが急《きゅう》にあわてた様子《ようす》でかがみこんだ。

カケルの腕《うで》を引《ひ》っぱり、「しゃがんで、しゃがんで」と小声《こごえ》で伝《つた》えてくる。

「どうした？」と聞《き》きながらヒナタの横《よこ》にしゃがむ。

「この奥《おく》にいる」

声《こえ》をふるわせるヒナタの視線《しせん》を追《お》って、カケルは草《くさ》むらに顔《かお》をつっこむ。

十数《じゅうすう》メートル奥《おく》に、ヒトに似《に》た形《かたち》のものがこちらに背中《せなか》をむけてかがんでいる。

霧《きり》でかすんでいてはっきりとは見《み》えないが、裸《はだか》で、肌《はだ》は白《しろ》く、かがんでいても背《せ》が高《たか》いことがわかる。たぶん、**立《た》てば2メートル以上《いじょう》あるだろう。**

とくに異様《いよう》なのは腕《うで》と頭《あたま》だ。長《なが》すぎる腕《うで》は肘《ひじ》が地面《じめん》についていて、頭《あたま》は縦《たて》に細長《ほそなが》く、そこだけ色《いろ》が茶色《ちゃいろ》い。

「なんだよ、あいつ。あれがうわさのなんとかってオバケなのか？」

「〈ないないオバケ〉よ。やっぱり、本当《ほんとう》にいたのね」

ヒナタの声《こえ》がさらにふるえだした。

「おい、大丈夫《だいじょうぶ》か？」

「落《お》ちついて。落《お》ちついて、わたし。これで有名人《ゆうめいにん》になれるんだから」

ひとりごとをつぶやきながら、ヒナタはオバケにむかってカメラをかまえる。

パシャッ。

かわいたシャッター音《おん》が鳴《な》りひびく。

「撮《と》れたか？」

「こっちむいてくれないかな。顔《かお》がわかんない」

「顔《かお》ったって、のっぺらぼうなんだろ？」

「それを撮《と》りたいの。もう少《すこ》し近《ちか》くに行《い》ってみようかな」

ヒナタが奥《おく》に行《い》こうと、一歩《いっぽ》ふみだした時《とき》だった。近《ちか》くでガサガサと音《おと》がし、草《くさ》むらからニュッと手《て》が伸《の》びてヒナタの腕《うで》をつかんだ。

「ひゃっ!?」

「君《きみ》たち、ここでなにをしている」

草《くさ》むらから、男《おとこ》の人《ひと》が出《で》てきた。高校生《こうこうせい》――いや、もう少《すこ》し年上《としうえ》だろう。白《しろ》いワイシャツに黒《くろ》のネクタイをつけた目《め》つきの鋭《するど》い男《おとこ》の人《ひと》は、ヒナタの腕《うで》をつかんだまま、ヒナタとカケルを交互《こうご》ににらむ。

「なにをしていると聞《き》いているんだ」

「いや、あの、えっと」

カケルは返《かえ》す言葉《ことば》に困《こま》った。この公園《こうえん》の管理《かんり》をしている人《ひと》だろうか。

オバケを撮《と》っていましたと正直《しょうじき》に言《い》うか？

いや、その前《まえ》にまずはあやまるべきだ。

「ごめんなさい！　すぐ出《で》ていきます！」

カケルは膝《ひざ》に額《ひたい》がつくほど頭《あたま》を下《さ》げ、「行《い》くぞ」とヒナタの腕《うで》をつかんで引《ひ》いた。

でも黒《くろ》ネクタイの人《ひと》は、がっちりとヒナタの腕《うで》をつかんではなさない。

「そのカメラを渡《わた》しなさい」

「はっ？　やだ！　はなして！」

つかまれている腕《うで》をふりほどこうとヒナタはあばれて抵抗《ていこう》するが、黒《くろ》ネクタイの人《ひと》はそれでも腕《うで》をはなさない。

「カメラを渡《わた》すんだ」

「なんなの!?　なにも悪《わる》いことしてないでしょ！」

立《た》ち入《い》り禁止《きんし》の場所《ばしょ》に入《はい》ったのだから悪《わる》いことはしているんだけど――とカケルは思《おも》ったが、この黒《くろ》ネクタイも様子《ようす》がおかしい。

「静《しず》かにするんだ、大声《おおごえ》を出《だ》すんじゃない」

「は、な、し、て、よ!!」

ヒナタは大声《おおごえ》をあげ、自分《じぶん》をつかんでいる腕《うで》を、もう一方《いっぽう》の手《て》で反対《はんたい》につかみ返《かえ》した。

「ぐっ！」

黒《くろ》ネクタイは顔《かお》をゆがめ、ヒナタの腕《うで》をはなす。

急《きゅう》に解放《かいほう》された反動《はんどう》で地面《じめん》に尻《しり》もちをついたヒナタは、その姿勢《しせい》のまま黒《くろ》ネクタイから後《あと》ずさる。

「ま、待《ま》て。その力《ちから》は――」

ヒナタに手《て》を伸《の》ばす黒《くろ》ネクタイの前《まえ》

に、カケルは両手《りょうて》を広《ひろ》げて立《た》ちふさがる。

「入《はい》っちゃダメなところに入《はい》ったのは俺《おれ》たちが悪《わる》いよ。でもさ」

カケルは相手《あいて》をキッとにらみつける。

「**暴力《ぼうりょく》と強盗《ごうとう》は、もっとよくない！**」

「強盗《ごうとう》？　いや、私《わたし》は――」

「ヒナタ、逃《に》げろ！」

ヒナタはうなずいて立《た》ちあがる。

「待《ま》ってくれ。どうも誤解《ごかい》をあたえてしまったようだ」

黒《くろ》ネクタイは広《ひろ》げた両手《りょうて》を頭《あたま》の上《うえ》であげた。

危害《きがい》をくわえるつもりはないという意思表示《いしひょうじ》だ。

カケルとヒナタは顔《かお》を見合《みあ》わせる。

「私《わたし》の話《はなし》を聞《き》いてほしい。あれは、見《み》ても、撮《と》っても、ダメなんだ」

「あれって、オバケのこと？」

ヒナタが聞《き》くと、黒《くろ》ネクタイはオバケのいる茂《しげ》みのほうをチラッと見《み》た。

「なるほど、オバケか。まあ、似《に》たようなものだが——**あれはそんなものより、もっとおそろしく、そして、危険《きけん》なものだ**」

「あんた、あのオバケのこと知《し》ってるのか？」

「ああ、職業上《しょくぎょうじょう》、いろんな〝オバケ〟のことにくわしいよ」

ガサガサと音《おと》が聞《き》こえてきた。オバケのいる茂《しげ》みのほうからだ。

その音《おと》は少《すこ》しずつ、カケルたちのほうにむかってくる。

「まずい、こっちに来《く》る……**君《きみ》たち、逃《に》げるぞ！**」

黒《くろ》ネクタイはかけだすと同時《どうじ》に、カケルとヒナタの背中《せなか》をドンッと押《お》す。

「なんだよ、待《ま》てって言《い》ったり、逃《に》げろって言《い》ったり、いそがしいな」

なんだかわからないが、カケルとヒナタは走《はし》った。

草《くさ》をかきわけ、木《き》をよけて、とにかく走《はし》る。

森《もり》をぬける直前《ちょくぜん》、ヒナタが「あっ」と声《こえ》をあげて立《た》ち止《ど》まる。

「なにをしている！　止《と》まるな！　走《はし》れ！」

「カメラがないの！」

ヒナタは手《て》になにも持《も》っていなかった。

「えっ、落《お》としたのか？」

「だって持《も》ってないもの！」

きっと、腕《うで》をつかまれて抵抗《ていこう》した時《とき》に落《お》としたのだ。

「わたし、取《と》りにもどる！」

引《ひ》き返《かえ》そうとするヒナタの肩《かた》を、黒《くろ》ネクタイがあわててつかんだ。

「そんな暇《ひま》はない！　あそこにはヤツがいる。いますぐ公園《こうえん》を出《で》るんだ」

ヒナタは首《くび》をブンブンと横《よこ》にふる。

「やだ！　おこづかい4か月《げつ》ぶんなのよ!?」

トン、トン、トン、とカケルは軽《かる》くジャンプする。

「俺《おれ》が取《と》ってくるよ」

「――**!?　おい、君《きみ》！**」

黒《くろ》ネクタイが止《と》める間《ま》もなく、カケルは走《はし》りだした。

「すぐもどってくる！　先《さき》に行《い》っててくれ！」

「待《ま》てっ！　くっ、なんてことだ――**君《きみ》っ、絶対《ぜったい》にヤツの〈顔《かお》〉を見《み》るなよ！**」

その忠告《ちゅうこく》を背中《せなか》で聞《き》きながら、カケルは地面《じめん》を蹴《け》った。

身体《からだ》は前《まえ》へ前《まえ》へと運《はこ》ばれ、地面《じめん》を蹴《け》るごとに速《はや》くなっていく。

足《あし》は加速《かそく》し、風《かぜ》を生《う》んで、まわりの草《くさ》ははげしくゆれて波打《なみう》つ。

さっきの開《ひら》けた場所《ばしょ》に出《で》ると、十数《じゅうすう》メートル先《さき》の地面《じめん》にカメラが落《お》ちていて、そばの草《くさ》が大《おお》きくゆれている。あのオバケがいまにも出《で》てこようとしているのだ。

もっと強《つよ》く速《はや》く地面《じめん》を蹴《け》ると目標《もくひょう》までの十数《じゅうすう》メートルの距離《きょり》が一気《いっき》に縮《ちぢ》んで、一瞬《いっしゅん》でカメラの目《め》の前《まえ》にくる。速度《そくど》を落《お》とさずカメラをサッと拾《ひろ》い、片足《かたあし》の踵《かかと》を軸《じく》にして来《き》たほうにU《ユー》ターン。

この場《ば》をはなれる直前《ちょくぜん》、カケルの耳《みみ》はすぐ後《うし》ろで草《くさ》をかきわける音《おと》と、人《ひと》のものとは思《おも》えない低《ひく》いうなり声《ごえ》を聞《き》いた。


「カケル、大丈夫《だいじょうぶ》かな？」

公園《こうえん》を出《で》る間際《まぎわ》、ヒナタがふり返《かえ》った次《つぎ》の瞬間《しゅんかん》。

その横《よこ》を突風《とっぷう》が吹《ふ》きぬけていった。

「きゃあ!!　なになになに?」

「わあっ、止《と》まんねぇ!　**ストップ!　ストーップ!**」

ふたりを一瞬《いっしゅん》で追《お》いぬいたカケルは、砂煙《すなけむり》を上《あ》げながら足《あし》にブレーキをかけ、地面《じめん》をすべるようにして10メートルほど先《さき》でようやく止《と》まった。

ぼうぜんとしているヒナタにかけよると、カメラを差《さ》しだす。

「あったぞ、落《お》とし物《もの》」

「うそ?　もう拾《ひろ》ってきたの?　てか、いまのなに?」

地面《じめん》にはカケルがブレーキをかけた時《とき》の靴《くつ》の跡《あと》が筋《すじ》になって残《のこ》っている。

その跡《あと》を見《み》つめる黒《くろ》ネクタイはアゴに手《て》を当《あ》て、むずかしい顔《かお》をしていた。

丸円丘《まるまるおか》を下《お》りてすぐにあるバス停《てい》で、ひとまず3人《にん》は落《お》ちつく。

「ふう……ここまでくれば大丈夫《だいじょうぶ》だろう」

黒《くろ》ネクタイは額《ひたい》の汗《あせ》をぬぐい、安堵《あんど》の息《いき》をついた。

「**ゼエ、ゼエ**……わたし……もう走《はし》らない、なにがあっても走《はし》らないから……」

バス停《てい》のベンチでぐったりしているヒナタの横《よこ》で、カケルはケロッとした顔《かお》で汗《あせ》ひとつかいていなかった。そんな姿《すがた》を見《み》た黒《くろ》ネクタイは、フッと笑《わら》う。

「君《きみ》はぜんぜん息《いき》が上《あ》がってないんだな」

「ああ、俺《おれ》、走《はし》るのは得意《とくい》だから。あ、えーと……」

「自己紹介《じこしょうかい》がまだだったね。まあ、そんな暇《ひま》はなかったけど――」

黒《くろ》ネクタイはシャツの胸《むね》ポケットからそれをぬくと、カケルたちに見《み》せる。

《SCP《エスシーピー》》と書《か》かれた黒《くろ》いカードだ。

3本《ぼん》の矢印《やじるし》が中央《ちゅうおう》をむいたマークが描《か》かれ、黒《くろ》ネクタイの顔写真《かおじゃしん》がある。

「私《わたし》の名《な》は**ツルギ**。**SCP財団**《エスシーピーざいだん》に所属《しょぞく》するフィールドエージェントだ」

「エスシー……ヒナタ、知《し》ってるか？」

「ぜーんぜん。どうせ、**あやしい団体**《だんたい》でしょ」

黒《くろ》ネクタイ――ツルギは肩《かた》をすくめた。

「私《わたし》たちは出会《であ》い方《かた》もよくなかった。そんな印象《いんしょう》を持《も》たれるのも仕方《しかた》がない。でも、私《わたし》は君《きみ》たちの命《いのち》を救《すく》ったつもりなんだけどね」

「はあ？　わたしが有名《ゆうめい》になる邪魔《じゃま》したくせに。カメラもぬすもうとするし、無理《むり》やり走《はし》らせるし……それで命《いのち》を救《すく》った？　なんなのそれ、意味《いみ》わかんないんだけど！」

　たしかに、わからないことだらけだ。

「なあ、あのオバケってなんなんだ？」

　ツルギはカードをポケットにしまうと真《しん》剣《けん》な表情《ひょうじょう》にもどった。

「まずは、君《きみ》たちの誤解《ごかい》をちゃんと解《と》きたい。そのうえで、あのオバケについても説《せつ》明《めい》しよう。ただ、そのためには我々《われわれ》のことを知《し》ってもらう必要《ひつよう》があるんだが……」

いったん言葉《ことば》を止《と》めたツルギは、周囲《しゅうい》に視線《しせん》をめぐらせてから小声《こごえ》で言《い》う。

「あまり外《そと》で話《はな》せる内容《ないよう》じゃない。すまないが、場所《ばしょ》を変《か》えないか？」

カケルは「どうする？」という目《め》をヒナタにむける。

「んー……その場所《ばしょ》しだい？　あやしいとことか、あんまり遠《とお》くならパス」

「我々《われわれ》の**秘密基地《ひみつきち》**は四丁目《よんちょうめ》にある。ここから歩《ある》いて15分《ふん》ってところかな」

「ふーん四丁目《よんちょうめ》……って、わたしんちのすぐ近《ちか》くじゃない!?」

「ていうか、この町《まち》に秘密基地《ひみつきち》なんてあったのか!?」

それは一度《いちど》、見《み》ておかなければ！

ということになった。

カケルとヒナタは、古《ふる》そうな2階建《かいだ》てアパートへと連《つ》れてこられた。

「これが秘密基地《ひみつきち》？　**ふつうの汚《きたな》いアパート**に見《み》えるんだけど……」

ロリポップでほっぺをふくらませたヒナタは失礼《しつれい》な感想《かんそう》を言《い》った。

「我々《われわれ》は秘密組織《ひみつそしき》なんだ。ふつうに見《み》えることが最重要《さいじゅうよう》でね。さ、こっちだ」

さびた鉄階段《てつかいだん》を上《あ》がった2階《かい》のいちばん端《はし》、２０３号室《ごうしつ》のドアを開《あ》けたツルギはふたりを招《まね》きいれる。

「どうぞ。靴《くつ》はぬがなくていいよ」

「**わあ！**」「**おおっ！**」

ふたりは思《おも》わず声《こえ》をあげた。

そこには、建物《たてもの》の外観《がいかん》からはまったく想像《そうぞう》がつかない光景《こうけい》が広《ひろ》がっていた。

窓《まど》がひとつもない、壁《かべ》も床《ゆか》も真《ま》っ白《しろ》な広《ひろ》い空間《くうかん》に、パソコン、大型《おおがた》モニター、ホワ

イトボード、ファイルをおさめたスチール棚《だな》、ウォーターサーバーがある。

「すっごーい。おしゃれなオフィスって感《かん》じ」

「中《なか》はめちゃくちゃ広《ひろ》いんだな」

「地下《ち か》も3階《かい》まであるよ」

　おどろいているふたりの近《ちか》くで銀色《ぎんいろ》の金属扉《きんぞくとびら》がウィーンと開《ひら》き、**メガネをかけた男《おとこ》の子《こ》**が出《で》てきた。

「ツルギさん、おかえりなさ――ん？」

　カケルも「あれ？」となった。彼《かれ》を見《み》たことがある。同《おな》じ学校《がっこう》に通《かよ》っている子《こ》だ。でもしゃべったことは一度《いちど》もないし、どこで見《み》かけたかも思《おも》いだせない。

「あっ、わたし、この人《ひと》知《し》ってる！　5年《ねん》3組《くみ》の人《ひと》だよ。すっごく頭《あたま》がよくって、秀《しゅう》才《さい》とか言《い》われてる、名前《なまえ》は、えーっと……」

「2組《くみ》の相原《あいはら》カケルと、嶋《しま》ヒナタか」

　フルネームで呼《よ》ばれたのでカケルはびっくりする。

「俺《おれ》たちのこと知《し》ってるのか？」

「へぇ、わたしってそんなに有名人《ゆうめいじん》？」

ふたりを無視《むし》し、メガネの位置《いち》を中指《なかゆび》でクイッと直《なお》すとツルギに視線《しせん》をむける。

「なぜ、彼《かれ》らをここに？」

「ふたりには、まずいものを見《み》られてしまってね」

「そうだったんですね。じゃあ、**消《け》しましょう**」

メガネの奥《おく》のするどい光《ひかり》がカケルとヒナタにむけられた。

「どうします？　薬《くすり》で消《け》しますか？　それとも、僕《ぼく》の力《ちから》で消《け》します？」

「え？　え？　な、なに？　消《け》すってなに？」

ヒナタがひきつった表情《ひょうじょう》で後《あと》ずさる。

「その必要《ひつよう》はないよ、アユム」

「ですが、機密保持《きみつほじ》のためには――」

「このふたりは、君《きみ》と同《おな》じだ」

アユムと呼《よ》ばれた男《おとこ》の子《こ》は、信《しん》じられないという顔《かお》でカケルたちを見《み》る。

「このふたりが、僕《ぼく》と同《おな》じ？」

カケルの頭《あたま》の上《うえ》には「？」が出《で》ていた。なんの話《はなし》をしているんだろう？

ツルギは、カケルとヒナタに視線《しせん》をうつす。

「さて、君《きみ》たちには説明《せつめい》をするという約束《やくそく》だったね。まずは我々《われわれ》がどのような組織《そしき》なのかを知《し》ってもらおうか」


エレベーターで地下《ちか》2階《かい》へ下《お》りると、カケルたちは『**収容《しゅうよう》エリア**』と書《か》かれたプレートのあるドアの先《さき》へと案内《あんない》された。

「わあ、すごーい！」「すっげえ！」

ふたりの感動《かんどう》の声《こえ》がひびきわたる。

学校《がっこう》の体育館《たいいくかん》ほどある広《ひろ》い空間《くうかん》に、大《おお》きなコンテナや透明《とうめい》ケースがたくさん並《なら》んでいて、そのあいだを白衣《はくい》を着《き》た人《ひと》たちがいそがしそうに動《うご》いている。

「見《み》て見《み》てっ、カケル！」

階段《かいだん》を下《お》りてさらに近《ちか》づくと、透明《とうめい》ケースの中《なか》には四角《しかく》い頭《あたま》のクラゲのようなものや、ウニョウニョと動《うご》くワタあめみたいなものなど、変《へん》な生《い》き物《もの》がいっぱいいる。

「わたし、こんなの見《み》たことない。ねえ、これ、なんて生《い》き物《もの》なの？」

ヒナタに問《と》われ、アユムはメガネをクイッと直《なお》して答《こた》えた。

「名前《なまえ》なんてないさ。どれも図鑑《ずかん》には載《の》っていない未知《みち》の生物《せいぶつ》だからね」

「未知《みち》の生物《せいぶつ》!?　それって新種《しんしゅ》ってこと？　すごーい！」

ヒナタは目《め》を大《おお》きく開《ひら》いて感動《かんどう》している。

「こっちも見《み》てみろよ、ヒナタ。いろいろあっておもしろいぞ」

透明《とうめい》ケースに入《はい》っているのは生《い》き物《もの》だけじゃない。

黒《くろ》いピカピカの小石《こいし》、なにかの生物《せいぶつ》の化石《かせき》、図工室《ずこうしつ》にありそうな石膏像《せっこうぞう》。なぜか、マッチ箱《ばこ》や電話機《でんわき》まである。どの透明《とうめい》ケースの台座《だいざ》にも、**〈SCP《エスシーピー》〉の3文字《もじ》と数《すう》ケタの数字《すうじ》が刻《きざ》まれたプレート**がはまっている。

「気《き》をつけて見《み》てくれよ」

はしゃぐふたりをツルギは少《すこ》し心配《しんぱい》そうに見守《みまも》っている。

「ここにいる生物一匹《せいぶついっぴき》、ここにある物体《ぶったい》ひとつが、どれも人類《じんるい》に大《おお》きな影響《えいきょう》をあたえるくらい危険《きけん》なものなんだからね」

「そ、そうなの？　そんなふうには見《み》えないけど……」

「だろうね。でもたとえば、このふつうのトマトにしか見《み》えない、SCP《エスシーピー》—504」

そう言《い》ってツルギは、ヒナタののぞきこんでいる透明《とうめい》ケースを指《ゆび》さす。

その中《なか》にはたしかに、ふつうのトマトにしか見《み》えないものが入《はい》っている。

「こいつは、つまらない冗談《じょうだん》を聞《き》かせると、言《い》った相手《あいて》にむかって飛《と》んでいく」

ヒナタはポカンとしたあと、口《くち》に手《て》をあて、こみあげる笑《わら》いをガマンする。

「な、なにそれ。トマトが冗談《じょうだん》に反応《はんのう》するの？　**トマトが止《と》まっとる**、みたいな？　ぷふふっ。そ、それが人類《じんるい》にとって危険《きけん》って、冗談《じょうだん》やめてよ〜」

「まったくだよ。**トマトが時速約《じそくやく》160キロで顔《かお》に飛《と》んでくる**んだから。顔面《がんめん》の骨《ほね》をくだくだけですめばいいが、命《いのち》を落《お》とした職員《しょくいん》が何人《なんにん》もいる。ほんと、悪《わる》い冗談《じょうだん》だ」

「…………」

「大丈夫《だいじょうぶ》。ケースは防音《ぼうおん》だからこっちの会話《かいわ》は聞《き》こえてないよ——えーと、次《つぎ》は」

と、ツルギが指《ゆび》さしたのは、SCP《エスシーピー》—1793とプレートに刻《きざ》

まれたケース。

その中《なか》にいるのは、どこにでもいるような一羽《いちわ》のウサギだ。

「このウサギは、どんな物体《ぶったい》でも無《む》から作《つく》りだすことのできる力《ちから》を持《も》っている。食《た》べ物《もの》でも、ゲーム機《き》でも、美術館《びじゅつかん》にある有名《ゆうめい》画家《がか》の絵画《かいが》でも。それから……」

手《て》をピストルの形《かたち》にしたツルギは、ヒナタにむけて「バン！」とやる。

「銃《じゅう》や戦車《せんしゃ》も造《つく》ることができる」

「こんな、かわいらしいウサちゃんが……」

ヒナタは信《しん》じられないという顔《かお》でケースの中《なか》を見《み》つめる。

「じゃあ、これもヤバいもんなのか？」

カケルの見《み》ているのは、ベルを手《て》に持《も》ったサルの人形《にんぎょう》だ。

「SCP《エスシーピー》—983か。ああ、きわめて危険《きけん》な物品《ぶっぴん》だ。ただのサルのオモチャに見《み》えるだろ？　でも、誕生日《たんじょうび》にこのオモチャをさわると——」

「さわると？」

ゴクリ。カケルはつばをのみこむ。

「……勝手《かって》に歌《うた》いだす！」

「おおっ！　……って、それのなにがヤバいんだ？」

「このサルが歌《うた》いだすと、その日《ひ》が誕生日《たんじょうび》の人間《にんげん》だけ、どんどん年《とし》をとっていく。前《まえ》の持《も》ち主《ぬし》だった小学生《しょうがくせい》は、誕生日《たんじょうび》にこれをもらったその日《ひ》のうちに、白髪頭《しらがあたま》のおじいさんになってしまったよ」

「げっ、マジか……」

かなり、ヤバいサルだった。

そうなると、マッチ箱《ばこ》や電話機《でんわき》もどんなことを起《お》こすのかが気《き》になってくる。

「この世界《せかい》には、私《わたし》たちの理解《りかい》できない生物《せいぶつ》、物品《ぶっぴん》、場《ば》所《しょ》、現象《げんしょう》が存在《そんざい》する」

ツルギはサルの人形《にんぎょう》の入《はい》っている透明《とうめい》ケースにそっと

ふれる。

「なぜ生《う》まれたのか、だれがなんのために作《つく》ったのか、どうして存在《そんざい》するのか。多《おお》くの謎《なぞ》に包《つつ》まれた存在《そんざい》。我々《われわれ》はそれらを**異常存在《いじょうそんざい》**、そう呼《よ》んでいる」

「――異常《いじょう》か。たしかにふつうじゃないもんな」

サルの人形《にんぎょう》を見《み》つめながら、その呼《よ》び名《な》に納得《なっとく》する。

ケースから手《て》をはなすと、ツルギはカケルたちに顔《かお》をむける。

その目《め》は、公園《こうえん》で会《あ》った時《とき》のように、するどくとがっていた。

「これら異常存在《いじょうそんざい》は、人類《じんるい》に危険《きけん》な影響《えいきょう》をおよぼすものも多《おお》い。その危険《きけん》から人類《じんるい》を守《まも》るために結成《けっせい》された組織《そしき》。それが我々《われわれ》、**SCP財団《エスシーピーざいだん》**だ」

「ステキッ！」

胸《むね》の前《まえ》で両手《りょうて》を組《く》んで、ヒナタが瞳《ひとみ》をキラキラさせている。

「未知《みち》の存在《そんざい》とか秘密組織《ひみつそしき》とか、そういう世界《せかい》、あこがれちゃう！　ねっ、カケル！」

「え？　ああ、うん。そうだな」

危険《きけん》な存在《そんざい》から人類《じんるい》を守《まも》る秘密《ひみつ》の組織《そしき》。たしかにすごくカッコイイ。

でも正直《しょうじき》、急展開《きゅうてんかい》すぎて気持《きも》ちが追《お》いつかない。

「よかったよ。我々《われわれ》の活動《かつどう》に賛同《さんどう》してもらえて」

ツルギは安堵《あんど》に表情《ひょうじょう》をゆるめたが、すぐにまた引《ひ》きしめる。

「ではそろそろ、君《きみ》たちふたりをここへ呼《よ》んだ、**本当《ほんとう》の理由《りゆう》**を話《はな》そう」

「本当《ほんとう》の理由《りゆう》？」

ヒナタは目《め》をパチクリとさせる。

「単刀直入《たんとうちょくにゅう》に伝《つた》える。**我々《われわれ》、SCP《エスシーピー》財団《ざいだん》に協力《きょうりょく》してほしい**」

カケルは「え？」と目《め》を丸《まる》くする。

「協力《きょうりょく》って、俺《おれ》たちが？」

「正確《せいかく》には、我々《われわれ》財団《ざいだん》の臨時職員《りんじしょくいん》として、いくつかの**任務《ミッション》**を遂行《すいこう》するために力《ちから》を貸《か》してもらいたい。もちろん、それなりに**報酬《ほうしゅう》**も出《だ》すつもりだ」

秘密組織《ひみつそしき》の人間《にんげん》が、小学生《しょうがくせい》の力《ちから》を借《か》りたいと言《い》っている。

冗談《じょうだん》のような話《はなし》だけど、ツルギの表情《ひょうじょう》は冗談《じょうだん》を言《い》っているように見《み》えない。

「する！　する！　わたし、協力《きょうりょく》するー！」

授業《じゅぎょう》では手《て》をあげたことのないヒナタが、天井《てんじょう》に指先《ゆびさき》が届《とど》く勢《いきお》いで手《て》をあげた。

「やろうよ、カケル！　わたし、こういうの、ずーっと夢見《ゆめみ》てたの！」

「ヒナタの夢《ゆめ》って有名人《ゆうめいじん》になることじゃなかったっけ？」

「なに言《い》ってんの？　わたしずっと、秘密組織《ひみつそしき》に入《はい》るのが夢《ゆめ》って言《い》ってたじゃない」

そんなこと絶対《ぜったい》に言《い》ってない。でも、本人《ほんにん》はすごくやる気《き》みたいだ。

「協力《きょうりょく》って、俺《おれ》たち、なにすればいいんだ？　俺《おれ》もヒナタもふつうの小学生《しょうがくせい》だし、俺《おれ》なんて勉強《べんきょう》ぜんぜんできないから、そんなに役《やく》に立《た》てるとは思《おも》えないけど」

「その質問《しつもん》に答《こた》える前《まえ》に——相原《あいはら》カケル、君《きみ》に質問《しつもん》をしてもいいかな」

「え？　うん」

「君《きみ》が公園《こうえん》で見《み》せた、あの走《はし》りについてなんだが」

カケルはハッとなる。

「あれは足《あし》が速《はや》いというレベルじゃなかった。そう、まるで猛《もう》スピードで走《はし》る自動車《じどうしゃ》だ。**あのスピードは、いったいどこからくるんだ？**」

ちょっと考《かんが》えたカケルは、「ま、いっか」と言《い》って、頭《あたま》をかきながら話《はな》しだす。

「実《じつ》はさ、1週間前《しゅうかんまえ》から俺《おれ》、変《へん》だったんだ。うまく説明《せつめい》できないんだけど」

ツルギはコクンとうなずく。つづけてくれという目《め》だ。

「朝起《あさお》きたらさ、すごく、おなかが減《へ》ってたんだよ。だから、朝《あさ》ごはん、何杯《なんばい》もおかわりしちゃってさ。でも、食《た》べても、食《た》べても、まだまだおなかが減《へ》ってて」

やっと満腹《まんぷく》になった時《とき》には、朝《あさ》の会《かい》がはじまる5分前《ふんまえ》。

カケルはあせった。学校《がっこう》までは走《はし》っても10分《ぷん》はかかる。遅刻確定《ちこくかくてい》だ。

絶対《ぜったい》に間《ま》に合《あ》わないとわかっていたが、とにかく学校《がっこう》まで全力《ぜんりょく》で走《はし》った。

「そしたらさ、俺《おれ》、朝《あさ》の会《かい》のはじまる2分前《ふんまえ》に教室《きょうしつ》に着《つ》いてたんだよ」

「ほお、10分《ぷん》かかるところを、たった3分《ぷん》で、か……それはすごい速《はや》さだ」

ツルギは感心《かんしん》したように言《い》った。

「そんなことが何日《なんにち》かあって、ある時《とき》、気《き》づいたんだ。俺《おれ》の足《あし》、一度《いちど》走《はし》りだしたら止《と》まるまで、どんどん速《はや》くなってくって。**走《はし》れば走《はし》るほど、加速《かそく》していく**んだよ」

ヒナタはケラケラと笑《わら》った。

「なにそれ！　おなか空《す》いたら足《あし》が速《はや》くなったって？　変《へん》なの！」

「笑《わら》うなよ。だから変《へん》だって言《い》ったろ。これでもけっこう真剣《しんけん》に悩《なや》んだんだぞ」

「ちなみに最高速度《さいこうそくど》はどれくらいかな」

ツルギに問《と》われ、カケルはウーンと首《くび》をひねった。

「俺《おれ》、数字《すうじ》とか苦手《にがて》だから、どう答《こた》えていいかわかんないけど……**たぶん、車《くるま》よりも速《はや》く走《はし》れる**と思《おも》う。危《あぶ》ないから、あんまり試《ため》してないけどさ」

「正《ただ》しい判断《はんだん》だと思《おも》うよ。あの速度《そくど》で塀《へい》や電柱《でんちゅう》にぶつかれば怪我《けが》じゃすまない」

今度《こんど》はヒナタに視線《しせん》をうつし、ツルギは問《と》いかける。

「君《きみ》も、そういう力《ちから》を持《も》っているんじゃないか？」

「へ？　わたし？」

ツルギは自分《じぶん》の右腕《みぎうで》をヒナタに見《み》せる。

腕時計型《うでどけいがた》のなにかの装置《そうち》を手首《てくび》につけていて、それが溶《と》けたようにグニャリとゆがんでいる。

ヒナタは気《き》まずそうに視線《しせん》をそらした。

「公園《こうえん》で君《きみ》につかみ返《かえ》された時《とき》だ。ほんの一瞬《いっしゅん》、つかまれただけで、これだ」

「これ、ヒナタがやったのか？」

ポーチから本日《ほんじつ》3本目《ぼんめ》のロリポップをとりだしたヒナタは、パクッと口《くち》に入《い》れる。

「なーんだ、カケルもかあ。いつか自《じ》慢《まん》しようと思《おも》ってたのに」

マスカットの香《かお》りを口《くち》から放《はな》ちながら、ヒナタは経緯《けいい》を話《はな》しだした。

「わたしも1週間前《しゅうかんまえ》からなの。きっかけはお兄《にい》ちゃんとの口《くち》ゲンカ。いっしょにゲームしてたら、ズルばっかしてきてさ。で、すっごく腹《はら》が立《た》っちゃって」

気《き》がついたら、**持《も》っていたコント**

ローラーがグニャグニャになっていたらしい。

「つまり、怒《いか》りの感情《かんじょう》によって君《きみ》の手《て》が高熱《こうねつ》を発《はっ》した、ということかな」

ヒナタは「ううん」と首《くび》を横《よこ》にふった。

「怒《おこ》った時《とき》だけじゃないの。落《お》ちこんだり、すごくうれしい時《とき》にもなったりするし」

「なるほど。感情《かんじょう》の強《つよ》い変化《へんか》によって、能力《のうりょく》が発動《はつどう》するのか」

「それに、熱《あつ》いとか冷《つめ》たいとかもぜんぜんなくて、ただ、**手《て》のひらでさわったものがグニャグニャッてやわらかくなっていく**の」

実《じつ》は公園《こうえん》でカメラを落《お》としたのも、まちがって落《お》としたわけでなく、溶《と》かしてしまうのをおそれて、とっさに手《て》をはなしたのだという。

「腕《うで》をつかまれてムカッときてさ。でもすぐに、ヤバッ！　カメラ溶《と》かしちゃうって。まあ、その大事《だいじ》なカメラをすっかり忘《わす》れて逃《に》げちゃったけど……」

カケルはちょっと安心《あんしん》する。

こんなことが起《お》きているのは、自分《じぶん》だけじゃなかったのだ。

でもまさか、ヒナタにも同《おな》じことが起《お》きていたなんて。

「実《じつ》は君《きみ》たちの他《ほか》にも、同《おな》じく1週間前《しゅうかんまえ》に能力《のうりょく》を持《も》った者《もの》がここにいるんだ」

カケルとヒナタは「えっ!?」という目《め》を〝彼《かれ》〟にむけた。

その彼《かれ》は一歩前《いっぽまえ》に出《で》ると、メガネをクイッと直《なお》す。

「**二条《にじょう》アユム**。5年生《ねんせい》。3組《くみ》ではなく、1組《くみ》だ」

「え？　……あー、そうそう！　1組《くみ》のニジョウくんね！　思《おも》いだした！」

ヒナタは苦笑《にがわら》いと大声《おおごえ》で自分《じぶん》のまちがいをごまかした。

「そっか。俺《おれ》たち同《おな》じだったんだな。どんな能力《のうりょく》なんだ？」

両手《りょうて》を広《ひろ》げたアユムは、その手《て》のひらをふたりに見《み》せる。

「僕《ぼく》は、**右手《みぎて》でふれたものに関《かん》する情報《じょうほう》を、左手《ひだりて》でふれた生物《せいぶつ》の記憶《きおく》から完全《かんぜん》に消《け》しさる**ことができる。能力名《のうりょくめい》は**〈イレーサー〉**」

「あっ、じゃあ、さっきの『消《け》す』って、記憶《きおく》のことだったのね」

両手《りょうて》を下《お》ろすとアユムは「そうさ」と答《こた》える。

「財団《ざいだん》の活動《かつどう》は一般人《いっぱんじん》に知《し》られてはいけないからね。目撃《もくげき》されてしまった時《とき》は、僕《ぼく》がイレーサーで記憶《きおく》から情報《じょうほう》を消《け》しているのさ」

「なんか、カッコイイなあ。能力名《のうりょくめい》があるってのもいいな！」

バスケやサッカーにも、インサイドアウトとか、スコーピオン・シュートとか、カッコイイ技《わざ》の名前《なまえ》がある。カケルはそういうものにあこがれていたのだ。

「別《べつ》にカッコよくなんかないさ。イレーサーの意味《いみ》は〈消《け》しゴム〉だしね」

興味《きょうみ》なさげに答《こた》えるアユム。そのクールさがカケルにはまたカッコよく見《み》えた。

「相原《あいはら》カケル」

あらたまって名《な》を呼《よ》ばれ、カケルはまっすぐな視線《しせん》をツルギに返《かえ》す。

「私《わたし》が君《きみ》たちに協力《きょうりょく》を頼《たの》む理由《りゆう》が、これでわかってくれたかな。君《きみ》は自分《じぶん》を『ふつうの小学生《しょうがくせい》』と言《い》ったが、ちがう。特殊《とくしゅ》な能力《のうりょく》を持《も》つ、特別《とくべつ》な小学生《しょうがくせい》なんだ」

「やっぱそっか〜！」

ニヤニヤしながらヒナタはモジモジしだした。

「わたしってふつうとはちがうなって思《おも》ってたのよね〜」

「小学生《しょうがくせい》が突然《とつぜん》、謎《なぞ》の能力《のうりょく》に目覚《めざ》める。なぜ、そんなことが起《お》きているのかはわからない。ただ、私《わたし》にはわかったことがひとつある。我々《われわれ》の組織《そしき》に必要《ひつよう》なのは、君《きみ》たちのような人材《じんざい》なんだとね」

ツルギは言葉《ことば》だけじゃなく、目《め》でも強《つよ》く伝《つた》えていた。

「我々《われわれ》は人類《じんるい》を守《まも》るために活動《かつどう》をともにできる、優秀《ゆうしゅう》で有能《ゆうのう》な人材《じんざい》をつねに協力者《きょうりょくしゃ》として求《もと》めている。そこに年齢制限《ねんれいせいげん》はもうけていない――どうかな？」

ヒナタは絶対《ぜったい》にやると言《い》うだろう。

こわがりのくせに、未知《みち》の生物《せいぶつ》とか超常現象《ちょうじょうげんしょう》とか、ふしぎなものが大好《だいす》きなのだ。

でも、そそっかしい性格《せいかく》なのでムチャをしてしまうところもあるから、自分《じぶん》がついていないと心配《しんぱい》だ。

それに。

やっぱり、カッコイイ。

人類《じんるい》を危険《きけん》から守《まも》る手伝《てつだ》いなんて一生《いっしょう》に一度《いちど》……いや、ふつうは一度《いちど》だってない。

走《はし》る能力《のうりょく》を手《て》に入《い》れてからというもの、ふしぎと毎日《まいにち》、元気《げんき》がありあまっている。

体育《たいいく》の授業《じゅぎょう》や友《とも》だちとサッカーするくらいじゃ、このパワーを使《つか》いきれない。

カケルはいま、全力《ぜんりょく》でなにかをしたかった。

「うん。やるよ！」

力強《ちからづよ》く、カケルは答《こた》えた。

「俺《おれ》にできることがあれば協力《きょうりょく》するよ。えっと、ヒナタは……」

「わたしはさっきからやるって言《い》ってるじゃん」

フフンと鼻《はな》を鳴《な》らすと、ヒナタはふたたび瞳《ひとみ》をキラキラさせる。

「だってこの世界《せかい》の謎《なぞ》を、たっくさん見《み》られるのよ？　めちゃくちゃステキじゃない？　断《ことわ》る理由《りゆう》なんてひとつもないよ。それに報酬《ほうしゅう》も出《で》るし！」

「ふたりとも、協力《きょうりょく》してもらえる、ということでいいかな？」

カケルとヒナタはうなずく。

「ありがとう――ではアユム、**例《れい》のものを**」

「え、あれはまだ早《はや》くないですか？」

「君《きみ》には初日《しょにち》に渡《わた》している。ふたりも大丈夫《だいじょうぶ》だよ」

「……わかりました」

アユムはほんの少《すこ》しだけ不服《ふふく》そうな顔《かお》で近《ちか》くの扉《とびら》に入《はい》っていくと、すぐにもどって

きて、カケルとヒナタに**腕時計《うでどけい》のようなもの**を手渡《てわた》す。

ツルギが腕《うで》につけていたのと同《おな》じものだ。

「腕《うで》に装着《そうちゃく》したら、画面《がめん》に人《ひと》さし指《ゆび》を5秒間《びょうかん》、押《お》しつけるんだ」

アユムに言《い》われた通《とお》りにするとピロリンと鳴《な》り、画面《がめん》に「**登録完了《とうろくかんりょう》**」の文《も》字《じ》が出《で》た。

「おおっ、カッコイイな！」

「すべての財団職員《ざいだんしょくいん》に支給《しきゅう》されるウェアラブル端末《たんまつ》**〈ユニバ〉**だ」

ツルギは自分《じぶん》の腕《うで》にも新《あたら》しいものをつけかえながら説明《せつめい》をつづける。

「いま、ユニバに君《きみ》たちの生体情報《せいたいじょうほう》が登録《とうろく》された。これにより、本施設《ほんしせつ》を自由《じゆう》に出入《ではい》りでき、財団《ざいだん》の重要機密《じゅうようきみつ》をあつかえる立場《たちば》となった。この登録《とうろく》をもって、契約成立《けいやくせいりつ》とする」

カケルとヒナタにあらためてツルギは伝《つた》える。

「相原《あいはら》カケル。嶋《しま》ヒナタ――ようこそ！　SCP《エスシーピー》財団《ざいだん》へ！」

カケルたちは、ホワイトボードと大《おお》きなテーブルがあるだけの部屋《へや》へ移動《いどう》した。

ここは会議室《かいぎしつ》。盗聴器《とうちょうき》やカメラをしかけられないように必要最低限《ひつようさいていげん》のものしか置《お》いていないらしく、電子機器《でんしきき》は小《ちい》さなノートパソコンが1台《だい》あるだけだった。

この部屋《へや》に入《はい》ったとたん、ツルギの表情《ひょうじょう》は仮面《かめん》のようになり、いかにも組織《そしき》の人間《にんげん》という空気《くうき》を放《はな》ちだした。

「あらためて自己紹介《じこしょうかい》する。私《わたし》はSCP《エスシーピー》財団《ざいだん》のフィールドエージェント、ツルギ。地《ち》域《いき》に潜伏《せんぷく》して活動《かつどう》する秘密調査員《ひみつちょうさいん》だ。この**〈第五観測基地《だいごかんそくきち》〉**の責任者《せきにんしゃ》でもある。いまから君《きみ》たちに話《はな》すことは、すべて**トップシークレット**。財団《ざいだん》の最重要機密《さいじゅうようきみつ》だ」

カケルもヒナタも緊張《きんちょう》しながら聞《き》いている。

「1週間前《しゅうかんまえ》のことだ。当財団《とうざいだん》の収容施設《しゅうようしせつ》のひとつで、大《おお》きな事故《じこ》が起《お》きた。その時《とき》、混乱《こんらん》に乗《じょう》じて厳重《げんじゅう》なセキュリティを突破《とっぱ》し、複数《ふくすう》の異常存在《いじょうそんざい》が外《そと》へと出《で》てしまった」

「えっ、それってけっこうヤバいんじゃないの？」

「ヤバいなんてもんじゃない」

アユムだ。メガネの位置《いち》をクイッと直《なお》し、「緊急事態《きんきゅうじたい》さ」と言《い》った。

「そう。これは緊急事態《きんきゅうじたい》だ。脱走《だっそう》した異常存在《いじょうそんざい》の1体《たい》が、この町《まち》の方面《ほうめん》にむかったという報告《ほうこく》があった」

「えー!?　じゃあ、わたしたちの町《まち》にいるかもってこと!?」

「ん？　もしかして……」

ここにきて、カケルは気《き》づく。

「俺《おれ》たちが丸円丘《まるまるおか》の公園《こうえん》で見《み》たオバケって……」

ツルギはうなずいた。

「その通《とお》りだ。君《きみ》たちが目撃《もくげき》したのは、**SCP《エスシーピー》オブジェクト**。収容施設《しゅうようしせつ》から逃《に》げだした、危険《きけん》な異常存在《いじょうそんざい》のうちの1体《たい》だ」

カケルは森《もり》で見《み》た姿《すがた》を思《おも》いだす。あれがそんなに危険《きけん》な生物《せいぶつ》だったなんて――。

「ねぇねぇ、さっきから気《き》になってたんだけど、SCP《エスシーピー》ってなんなの？」

そういえばカケルも気《き》になっていた。

組織《そしき》の名前《なまえ》にもついているし、地下施設《ちかしせつ》の異常存在《いじょうそんざい》もそう呼《よ》ばれていた。

「そうか、先《さき》にその説明《せつめい》をしなくてはいけなかったな」

ツルギはホワイトボードを引《ひ》っぱってくると、横書《よこが》きで〈ＳＣＰ《エスシーピー》〉と書《か》く。

いまから英語《えいご》の授業《じゅぎょう》がはじまりそうだ。

「我々《われわれ》、ＳＣＰ財団《エスシーピーざいだん》の目的《もくてき》は、異常存在《いじょうそんざい》の破壊《はかい》や無力化《むりょくか》ではない。人類《じんるい》の脅威《きょうい》とならないように、それらを安全《あんぜん》に管理《かんり》することだ。そのために我々《われわれ》は、次《つぎ》の３つを使命《しめい》に掲《かか》げて活動《かつどう》している」

一般市民《いっぱんしみん》や他《ほか》の組織《そしき》の手《て》に渡《わた》って利用《りよう》されないように回収《かいしゅう》する――「確保《かくほ》」

一般市民《いっぱんしみん》に影響《えいきょう》をおよぼさないため、また、情報《じょうほう》を隠《かく》すための――「収容《しゅうよう》」

異常存在《いじょうそんざい》の性質《せいしつ》を完全《かんぜん》に理解《りかい》できるまで、安全《あんぜん》な方法《ほうほう》で見守《みまも》る――「保護《ほご》」

「よって、当財団《とうざいだん》では異常存在《いじょうそんざい》を収容《しゅうよう》するための手順《てじゅん》というものがある。それが『Special Containment Procedures《スペシャル コンテインメント プロシージャーズ》』――ＳＣＰ《エスシーピー》とは、この頭文字《かしらもじ》だ。訳《やく》すと**〈特別《とくべつ》収容《しゅうよう》プロトコル〉**」

「ツルギさん」

アユムは立《た》ちあがった。

「そういう説明《せつめい》はあとで僕《ぼく》からします。それより、ふたりが見《み》たものって……」

「ああ、**SCP《エスシーピー》―096**――通称《つうしょう》**〈シャイガイ〉**にまちがいない」

これまで感情《かんじょう》をほとんど表《おもて》に出《だ》さなかったアユムが目《め》を大《おお》きく見開《みひら》いた。

「まずいものを見《み》たって……あのシャイガイの顔《かお》を見《み》たんですか？」

「いや、顔《かお》は見《み》ていない」

「本当《ほんとう》ですか？　顔《かお》は見《み》ていないんですね？」

「ああ。こうしてふたりが無事《ぶじ》でいるのが、なによりの証拠《しょうこ》だ」

アユムはホッとした様子《ようす》でイスに腰《こし》をおろした。

「ねえ、顔《かお》を見《み》たとか見《み》ないって、なんのこと？」

「この異常存在《いじょうそんざい》は、自分《じぶん》の顔《かお》を見《み》られることをひどく嫌《きら》うのさ」

アユムが答《こた》えた。

「なんで？　はずかしがり屋《や》さんなの？」

「呼《よ》び名《な》の意味《いみ》は、たしかに〈はずかしがり屋《や》〉さ。実際《じっさい》どうなのかは不明《ふめい》だ。はずかしいなんて、人《ひと》らしい感情《かんじょう》はないかもしれない。わかっていることは、**自分《じぶん》の顔《かお》を見《み》た相手《あいて》をどこまでも追《お》いかけ、必《かなら》ずその命《いのち》をうばう怪物《かいぶつ》ということさ**」

「ひっ……い、命《いのち》を!?」

ヒナタは顔《かお》をひきつらせる。

「そうか。だからあの時《とき》ツルギさんは、俺《おれ》に『顔《かお》を見《み》るな』って言《い》ったのか」

「シャイガイはとても神経質《しんけいしつ》な性格《せいかく》でね」

ツルギは困《こま》った顔《かお》をした。

「こちらに見《み》る気《き》がなくても、一瞬《いっしゅん》でも視界《しかい》に入《はい》ってしまえば、シャイガイは見《み》られたと判断《はんだん》し、襲《おそ》ってくる。直接《ちょくせつ》、顔《かお》を見《み》ずとも、写真《しゃしん》や動画《どうが》で見《み》てもアウトなんだ」

「しゃしんでも……あうと……?」

ヒナタの顔色《かおいろ》が悪《わる》くなる。さっきまでの高《たか》いテンションはどこへやら……。

「あのさ」

手《て》をあげ、カケルは質問《しつもん》する。

「その写真《しゃしん》、部屋《へや》の中《なか》でこっそりとか、すごく遠《とお》い場所《ばしょ》で見《み》たらどうなんだ？」

「それでも、シャイガイには顔《かお》を見《み》たことがわかってしまう。そして、たとえ地球《ちきゅう》の裏側《うらがわ》であっても、おそろしい速《はや》さで追《お》ってくる。しかもヤツは不死身《ふじみ》だ。弾丸《だんがん》も戦車《せんしゃ》も効《き》かないんだ」

「つまり、顔《かお》を見《み》てしまえば終《お》わりってことさ」

アユムの言葉《ことば》がトドメをさし、ヒナタはアタフタしだす。

「ヒナタ。カメラの中《なか》の画像《がぞう》、消《け》したほうがいいな」

「だよね！」

さっそくヒナタはポーチからカメラを取《と》りだそうとする。

ガタッとイスから立《た》ち、アユムは真《ま》っ青《さお》な顔《かお》でヒナタから離《はな》れた。

「まさか、シャイガイを撮《と》ったのか？」

「大丈夫《だいじょうぶ》！　いま消《け》すから！」

「待《ま》ってくれ」

画像《がぞう》データを消去《しょうきょ》しようとしているヒナタをツルギが止《と》める。

「あの時《とき》、私《わたし》も別《べつ》の場所《ばしょ》で見《み》ていたが、シャイガイは君《きみ》たちに背中《せなか》をむけていた。角《かく》度《ど》から見《み》て、顔《かお》は写《うつ》っていないはずだ」

そうだ。ヒナタは顔《かお》が見《み》えないようなことを言《い》っていた。

「それでも、その画像《がぞう》は消去《しょうきょ》すべきだ。ただその前《まえ》にひとつ確認《かくにん》したいことがある。カメラを借《か》りてもいいかな」

「あ、はいはいっ、どうぞどうぞ！」

ツルギはカメラを受《う》け取《と》ると、ノートパソコンのソフトで画像《がぞう》の解析《かいせき》をする。

「――やはり、顔《かお》は写《うつ》っていない。見《み》ても大丈夫《だいじょうぶ》だ」

画像《がぞう》の表示《ひょうじ》されたディスプレイをカケルたちにむける。

あわててヒナタは両手《りょうて》で目《め》をかくし、そうっと指《ゆび》のあいだから見《み》る。

写《うつ》っている。

少《すこ》しブレているけど、草《くさ》むらにうずくまる怪物《かいぶつ》の後《うし》ろ姿《すがた》がはっきりと。

アゴに手《て》を当《あ》て、アユムは食《く》い入《い》るように画像《がぞう》を見《み》ている。

「この頭《あたま》の形《かたち》、例《れい》の袋《ふくろ》をかぶっているようですね」

「ああ、報告通《ほうこくどお》りだ。袋《ふくろ》が脱《ぬ》げていないのは不幸中《ふこうちゅう》の幸《さいわ》いだな」

　カケルは画像《がぞう》にググッと顔《かお》を寄《よ》せる。

「これ、なんかかぶってるのか？　細長《ほそなが》くて変《へん》な形《かたち》の頭《あたま》だなって思《おも》ったけど」

　ツルギは画像《がぞう》を消去《しょうきょ》すると、礼《れい》を言《い》ってカメラをヒナタに返《かえ》した。

「ＳＣＰ《エスシーピー》財団《ざいだん》のマーク入《い》り特別製《とくべつせい》・布袋《ぬのぶくろ》。数年前《すうねんまえ》の確保作戦《かくほさくせん》でかぶせたものだ。収容《しゅうよう》する際《さい》、職員《しょくいん》があやまってヤツの顔《かお》を見《み》ないようにとの処置《しょち》だよ」

「そんな怪物《かいぶつ》によくかぶせられたな」

　さすが、プロはちがうなあとカケルは感心《かんしん》する。

「シャイガイはとくに抵抗《ていこう》しなかったんだ。自分《じぶん》から袋《ふくろ》をとろうともしなかった。だから、収容《しゅうよう》しているあいだも、ずっと袋《ふくろ》をかぶったままだったそうだ」

「でもずっとはさすがに不便《ふべん》だろ？　ごはんとかどうしてたんだ？」

「ヤツには食事《しょくじ》をとるという習性《しゅうせい》もない。だから、なんの不便《ふべん》もなかったはずだ」

　なにも食《た》べなくても平気《へいき》だなんて、カケルには信《しん》じられない話《はなし》だ。

　ロリポップをキュポンと口《くち》からぬくと、ヒナタは重要《じゅうよう》な疑問《ぎもん》をぶつける。

「もしその袋《ふくろ》がやぶけたり、脱《ぬ》げちゃったりしたら、どうなるの？」

「君《きみ》たちの想像《そうぞう》できないような大惨事《だいさんじ》が、この町《まち》で起《お》きるだろうね」

ツルギはユニバを指《ゆび》でタップし、画面《がめん》を壁《かべ》にむける。

ユニバから光《ひかり》の筋《すじ》が伸《の》びて、壁《かべ》に投影《とうえい》された映像《えいぞう》が日本地図《にほんちず》を映《うつ》しだす。

地図《ちず》は拡大《かくだい》していき、カケルたちの住《す》む町《まち》と、その周辺地域《しゅうへんちいき》を赤《あか》い丸《まる》が囲《かこ》う。

「過去《かこ》に今回《こんかい》と似《に》たケースの事故《じこ》が起《お》きていてね。その時《とき》のデータをもとに、もし、この町《まち》で起《お》きたらどうなるかを算出《さんしゅつ》すると――」

赤《あか》い丸《まる》は一瞬《いっしゅん》で広《ひろ》がって日本列島《にほんれっとう》のすべてを囲《かこ》った。

「３日《か》で日本全土《にほんぜんど》に被害《ひがい》が広《ひろ》がる。シャイガイの顔《かお》が映《うつ》った動画《どうが》がＳＮＳ《エスエヌエス》で拡散《かくさん》でもされようものなら、短期間《たんきかん》で被害《ひがい》は数十倍《すうじゅうばい》、数百倍《すうひゃくばい》。世界中《せかいじゅう》に拡大《かくだい》するだろう」

「えええっ、そんなのどうしようもないじゃない！」

「だからそうなる前《まえ》に、なんとかしなければならないんだ」

このツルギの一言《ひとこと》でヒナタの表情《ひょうじょう》が固《かた》まる。

「え、ちょっとまって。もしかして、わたしたちの任務《ミッション》って……」

「シャイガイの確保《かくほ》だ」

固《かた》まった表情《ひょうじょう》のまま、ヒナタはブンブンと首《くび》を横《よこ》にふる。

「むりむり！　不死身《ふじみ》の怪物《かいぶつ》なんてどうやってつかまえるの!?」

「いまなら可能《かのう》だよ」

淡々《たんたん》とした口調《くちょう》でアユムが言葉《ことば》をはさんだ。

「顔《かお》さえ見《み》なければ、シャイガイはとてもおとなしい生物《せいぶつ》なのさ。だから袋《ふくろ》をかぶって顔《かお》さえかくれていれば、僕《ぼく》らでも安全《あんぜん》に確保《かくほ》できる。ですよね、ツルギさん」

「アユムはよく報告書《ほうこくしょ》を読《よ》んでいるな」

「財団《ざいだん》の準調査員《じゅんちょうさいん》として、当然《とうぜん》のことです」

アユムはツルギのことを尊敬《そんけい》しているんだろうなと、カケルは見《み》ていて思《おも》った。

ほめられた時《とき》、クールな表情《ひょうじょう》がほんの少《すこ》し喜《よろこ》びにゆるんだように見《み》えたのだ。

「これも後《のち》ほど配布《はいふ》する」

そう言《い》ってツルギが見《み》せたのは、「スティックのり」くらいの小《ちい》さな筒状《つつじょう》のもの。

その先端《せんたん》をつまんでひっぱると、黒光《くろびか》りする糸《いと》がシュッと引《ひ》きだされる。

「これは**〈グレイプニル〉**。特殊技術《とくしゅぎじゅつ》で作《つく》られた紐《ひも》だ。30メートルの長《なが》さが、この筒《つつ》の中《なか》に圧縮《あっしゅく》されて入《はい》っていて、ボタンを押《お》せば射出《しゃしゅつ》される。これで拘束《こうそく》すれば、凶暴《きょうぼう》な怪物《かいぶつ》も暴《あば》れることはできない」

「おお、秘密道具《ひみつどうぐ》っぽいな！」

「ねえ、異常存在《いじょうそんざい》ってさ、そんな凶暴《きょうぼう》な怪物《かいぶつ》とか、あのウサちゃんとかトマトみたいな、ヤバいのしかいないの？」

「いや、無害《むがい》でとてもおとなしい、かわいらしい見《み》た目《め》のものもいるよ」

ツルギが笑《わら》って答《こた》えるので、ヒナタはあやしむように目《め》を細《ほそ》める。

「なら、会《あ》ってみるかい？　――アユム、**〈アイポッド〉**たちはいまどこにいる？」

アユムはテーブルを指《ゆび》でコツコツとつつく。

「実《じつ》は、さっきからこの下《した》にいます」

カケルとヒナタは同時《どうじ》にテーブルの下《した》をのぞきこんだ。

なにかいる。

涙《なみだ》のしずくのような形《かたち》をした、変《へん》なものが2体《たい》。

サイズは30センチくらい。1体《たい》はオレンジ、もう1体《たい》はイエロー。
どっちも青《あお》い瞳《ひとみ》がひとつあるだけで、鼻《はな》も口《くち》も、手足《てあし》らしきものもない。
見《み》たことのない生《い》き物《もの》だ。

「なに、この子《こ》たち！　**かっかっかっ、かわいい！**」

身悶《みもだ》えているヒナタを横目《よこめ》に、ツルギは困《こま》った表情《ひょうじょう》をうかべていた。

「会議室《かいぎしつ》はダメだと言《い》っているのに。いつの間《ま》に入《はい》ってきたんだ」

「新入《しんい》りのふたりを観察《かんさつ》しにきたみたいです」

新入《しんい》りとは自分《じぶん》とヒナタのことだろう。カケルはテーブルの下《した》からまっすぐな視線《しせん》をむけてくる生《い》き物《もの》を見《み》つめながらツルギにたずねた。

「こいつらも地下《ちか》にいたのと同《おな》じなのか？」

「**SCP《エスシーピー》―131**。もちろんこれも異常存在《いじょうそんざい》だ。ただ、じっと観察《かんさつ》するだけで無害《むがい》な生物《せいぶつ》だから、施設内《しせつない》での自由行動《じゆうこうどう》を許《ゆる》している。職員《しょくいん》たちからは親《した》しみをこめて、**〈アイポッド〉**と呼《よ》ばれているよ」

「おいで、おいで、チッチッチッ」

ヒナタはかがみこんで、猫《ねこ》にするみたいに舌《した》を鳴《な》らして呼《よ》ぶ。

アイポッドたちは床《ゆか》をすべるようにしてヒナタのそばにくると、頭《あたま》の突起《とっき》を彼女《かのじょ》の足《あし》にこすりつける。

「緊急事態《きんきゅうじたい》！　この子《こ》たち、わたしになついてます！　よって連《つ》れて帰《かえ》ります！」

「重要機密《じゅうようきみつ》を連《つ》れ帰《かえ》ろうとするんじゃない」

アユムの冷静《れいせい》なツッコミが入《はい》る。

ツルギの咳《せき》ばらいが会議室《かいぎしつ》にひびき、カケルたちはそろそろと席《せき》にもどった。

「では、明日《あす》からさっそく、任務《にんむ》にとりかかってもらいたい。チームは、二条《にじょう》アユム、相原《あいはら》カケル、嶋《しま》ヒナタの3名《めい》――いま、任務《ミッション》の内容《ないよう》を送《おく》った」

カケルたちのユニバが同時《どうじ》にピロンと鳴《な》った。

小型《こがた》ディスプレイに緑《みどり》の文字《もじ》が表示《ひょうじ》される。

指令内容《しれいないよう》
SCP《エスシーピー》―096　通称《つうしょう》〈シャイガイ〉を発見《はっけん》、および確保《かくほ》せよ

特別《とくべつ》収容《しゅうよう》プロトコルって？

異常存在《いじょうそんざい》を収容《しゅうよう》するための手順《てじゅん》のことさ。SCP《エスシーピー》財団《ざいだん》は、異常存在《いじょうそんざい》を破壊《はかい》する団体《だんたい》ではなく、異常存在《いじょうそんざい》を確保《かくほ》・収容《しゅうよう》・保護《ほご》し、人々《ひとびと》の安全《あんぜん》を守《まも》る団体《だんたい》だ。

SCP《エスシーピー》っていうのは
Special《スペシャル》（特別《とくべつ》）
Containment《コンテインメント》（収容《しゅうよう》）
Procedures《プロシージャーズ》（プロトコル）
の頭文字《かしらもじ》からきているんだ。

SCP《エスシーピー》のあとについている番号《ばんごう》って？

管理番号《かんりばんごう》だ。

オブジェクトクラスって？

異常存在《いじょうそんざい》は収容《しゅうよう》のしやすさによって、おもに3つのクラスにわけられているんだ。

Safe《セーフ》：安全《あんぜん》に収容《しゅうよう》できる。
Euclid《ユークリッド》：収容《しゅうよう》するには多《おお》くの資源《しげん》が必要《ひつよう》。
Keter《ケテル》：収容《しゅうよう》するのがきわめて困難《こんなん》。

004

捜索開始《そうさくかいし》！

次《つぎ》の日《ひ》の放課後《ほうかご》。

カケルとヒナタはいったん家《いえ》に帰《かえ》って準備《じゅんび》をしてから、丸円丘《まるまるおか》へとむかった。

「おっ、いたいた。おーい！」

待《ま》ちあわせ場所《ばしょ》のバス停《てい》のベンチで、アユムが文庫本《ぶんこぼん》を読《よ》んでいる。

アユムは本《ほん》を閉《と》じると表情《ひょうじょう》のない顔《かお》をあげる。

その顔《かお》の前《まえ》に、カケルとヒナタは手《て》を差《さ》しだす。

「今日《きょう》からよろしく！」

「よろしくね、アユムくん！」

ふたりの手《て》をチラッと見《み》たアユムは、ショルダーバッグに本《ほん》を入《い》れながら小声《こごえ》で
「よろしく」と言葉《ことば》だけを返《かえ》した。

バス停《てい》のそばに丸円丘《まるまるおか》の遊歩道《ゆうほどう》の入《い》り口《ぐち》がある。

そこから公園《こうえん》にむかって、3人《にん》はゆるやかな坂道《さかみち》を上《あ》がっていく。

今日《きょう》も町《まち》は霧《きり》で白《しろ》くかすんでいて、太陽《たいよう》も出《で》ているのにうす暗《ぐら》く感《かん》じる。

気分《きぶん》までどんよりしそうなこんな日《ひ》でも、カケルは笑顔《えがお》だった。

「カケルさあ、今日《きょう》は朝《あさ》からずっとニコニコしてるよね」

「そうか？　そんなことないと思《おも》うけど、へへ」

ニコニコの理由《りゆう》は、早朝《そうちょう》、ユニバに届《とど》いたツルギからのメッセージだ。

相原《あいはら》カケル　君《きみ》の能力名《のうりょくめい》が決《き》まった

〈アクセレート〉

語源《ごげん》は「加速《アクセラレート》する」　その力《ちから》を正《ただ》しく使《つか》ってくれ

カッコイイ能力名《のうりょくめい》をもらえて、カケルはごきげんだったのだ。

同《おな》じ連絡《れんらく》はヒナタにもあって、彼女《かのじょ》の「手《て》のひらでふれたものを溶《と》かす力《ちから》」につけられた能力名《のうりょくめい》は**〈キャンディ〉**。

「わたしの能力《のうりょく》ってアメ？」とか言《い》いながら、ヒナタも気《き》に入《い》っているようだった。

能力名《のうりょくめい》が決《き》まった時《とき》、あのクールなアユムもこんなふうに喜《よろこ》んだのだろうか。

先頭《せんとう》を歩《ある》くアユムは、さっきからなにもしゃべらない。

カケルは隣《となり》に行《い》って話《はな》しかけた。

「なあ、さっき、なに読《よ》んでたんだ？」

「ハイデガーの『存在《そんざい》と時間《じかん》』さ」

「ハイデカ？　すごくむずかしそうな本《ほん》だな」

「そうでもないよ。存在《そんざい》するということとはどういうことかを考《かん》える、そんな内容《ないよう》さ」

「すごいな、アユムは。俺《おれ》、本《ほん》ってマ

ンガくらいしか読《よ》んだことないよ」

アユムはメガネをクイッと直《なお》し、フンと鼻《はな》を鳴《な》らす。

「そんなことより、少《すこ》しは緊張感《きんちょうかん》を持《も》ってくれ。任務中《しごとちゅう》だぞ」

すると、後《うし》ろからヒナタにグイッと引《ひ》っぱられた。

ヒナタは首《くび》を横《よこ》にふって、ひそひそと言《い》う。

「友《とも》だちは作《つく》らないタイプみたいよ。１組《くみ》の子《こ》から聞《き》いたけど、休《やす》み時間《じかん》もずっとひとりで本読《ほんよ》んでるって」

「へえ、よほど本《ほん》が好《す》きなんだな」

「あのねえ、あれはそういうんじゃなくて――」

バサササササッ！

大《おお》きな音《おと》に、ヒナタもカケルも空《そら》を見上《みあ》げる。

山《やま》の上《うえ》のほうから、たくさんの鳥《とり》の群《む》れが空《そら》へと広《ひろ》がっていく。

まるで、なにかからあわてて逃《に》げているように見《み》えた。

「なあ、シャイガイはまだ公園《こうえん》にいると思《おも》うか？」

「……いるんじゃない？　2日《か》つづけて公園《こうえん》にいたんだし」

「おっ、それってあれだな、えーと、あれだよ、あれ」

カケルは思《おも》いだそうとする。

「あっ、そうそう！　二度《にど》あることは何度《なんど》もあるってヤツだ」

「それを言《い》うなら、『何度《なんど》も』じゃなくて、『三度《さんど》』でしょ」

「あっ、それそれ！　ハハハ」

アユムは立《た》ち止《ど》まってふたりにむくと、メガネをクイッと直《なお》す。

「どうも君《きみ》たちは心配《しんぱい》だな。緊張感《きんちょうかん》に欠《か》けるというか」

「ごめん、アユム。マジメにやるよ」

「本当《ほんとう》かな。シャイガイを発見《はっけん》したら、僕《ぼく》らがとるべき行動《こうどう》を覚《おぼ》えているか？」

ハア、とため息《いき》をついたヒナタがウンザリ顔《がお》で答《こた》える。

「まず、身近《みぢか》な物陰《ものかげ》に身《み》をかくし、相手《あいて》の顔《かお》を見《み》ないように地面《じめん》を見《み》ながら行動《こうどう》しろ、でしょ？　袋《ふくろ》がなくなって、顔《かお》が見《み》えてる可能性《かのうせい》もあるからよね？」

「わかってるならいいんだ」

スタスタと先《さき》へ行《い》ってしまったアユムの背中《せなか》に、ヒナタはベーッと舌《した》を出《だ》す。

「やめろって。仲《なか》よくやれよ、ヒナタ」

「だって、なんかイヤミっぽいこと言《い》われた気《き》がしない？」

「俺《おれ》たちのことを心配《しんぱい》してくれてるんだよ」

「わたし、あの人《ひと》とうまくやれる自信《じしん》ない」

ふてくされた顔《かお》でロリポップを口《くち》につっこんだ。


しばらく坂道《さかみち》を上《あ》がると、アスレチック公園《こうえん》の入《い》り口《ぐち》に着《つ》く。

はられているロープが増《ふ》え、立《た》ち入《い》り禁止《きんし》の看板《かんばん》が3枚《まい》も立《た》ち、工事現場《こうじげんば》にある赤《あか》い三角《さんかく》コーンがたくさん置《お》いてある。

カケルたちが入《はい》ったからか、昨日《きのう》より「入《はい》るな感《かん》」が強《つよ》くなっている。

「この看板《かんばん》とかって、財団《ざいだん》が立《た》てたのか？」

アユムは「そうさ」と返《かえ》す。

「ただ、そもそものきっかけは、**クマの目撃情報《もくげきじょうほう》**だったんだけどね」

「えっ!?　ちょっとまって。クマ!?　なにそれ、わたしそんなの聞《き》いてない！」

「落《お》ちつけよ、ヒナタ。この山《やま》にクマなんていないよ。だよな、アユム」

アユムは首《くび》を縦《たて》にも横《よこ》にもふらず、淡々《たんたん》と説明《せつめい》をはじめる。

「おとといの夕方《ゆうがた》、警察《けいさつ》に『丸円丘《まるまるおか》でクマを見《み》た』という通報《つうほう》があった。目撃者《もくげきしゃ》は散《さん》歩《ぽ》をしていたご老人《ろうじん》だ」

おとといというと、4組《くみ》の西野《にしの》くんが公園《こうえん》で〝オバケ〟を目撃《もくげき》した日《ひ》だ。

「丸円丘《まるまるおか》にクマはいない。だから、脱走《だっそう》した異常存在《いじょうそんざい》だろうと考《かんが》えたツルギさんは、この山《やま》でいちばん身《み》をかくせそうなこの公園《こうえん》を封鎖《ふうさ》し、調査《ちょうさ》していたんだ」

「そこで俺《おれ》たちと会《あ》ったのか」

ヒナタは「んー？」と首《くび》をかしげる。

「じゃあ、その目撃《もくげき》した人《ひと》、シャイガイをクマと見《み》まちがえたってこと？　ぜんぜん似《に》てなくない？」

「きっと霧《きり》でよく見《み》えなかったのさ。でも、よかったじゃないか。ここにクマはいない。いるのはシャイガイだけだ」

そう言《い》われて、ヒナタは微妙《びみょう》な顔《かお》をしていた。

森《もり》に入《はい》ると、背《せ》の高《たか》い草《くさ》をかきわけて慎重《しんちょう》に奥《おく》へと進《すす》んでいく。

草《くさ》をかきわけた目《め》の前《まえ》に、枝《えだ》をひろげた木《き》があらわれたりするとびっくりする。

「なんか俺《おれ》、ドキドキしてきたな」

「初任務《はつミッション》だもんね。でもわたし、あんまり緊張《きんちょう》したらダメなんだけどな」

ほら、とヒナタが見《み》せてきた。

手《て》のひらの上《うえ》に、指《ゆび》の形《かたち》にへこんだ粘土《ねんど》の塊《かたまり》みたいなものがある。

「さっき拾《ひろ》った石《いし》。にぎってたら、こうなっちゃった」

「うお、石《いし》なのかこれ？」

ヒナタはグッとにぎって、またちがう形《かたち》につぶれた石《いし》を見《み》せる。

「気持《きも》ちがヤバくなるとキャンディが出《で》ちゃうから、こうやって石《いし》をにぎっておくの。そしたら、わたしいま、冷静《れいせい》じゃないってわかるからさ」

ヒナタの手《て》から石《いし》をつまみとる。ふつうに硬《かた》い石《いし》だ。

「一度《いちど》、キャンディが出《で》ちゃうと、ちょっとのあいだ、なんにも持《も》てなくなるから不《ふ》便《べん》でさ。だからできるかぎり、クールでいようって思《おも》ってるんだけど、なかなかね」

「まあ、ヒナタにクールは無理《むり》だよな。って、俺《おれ》もだけどさ」

この中《なか》でクールといえばやっぱり、アユムだろう。

ここで名前《なまえ》を出《だ》すとヒナタが不機嫌《ふきげん》になりそうだから口《くち》にはしないけれど。

「カケルの能力《のうりょく》、便利《べんり》でいいよね。なにかあったら、すぐ逃《に》げられるし」

「俺《おれ》は俺《おれ》で大変《たいへん》なんだぞ。サッカーしてても本気《ほんき》で走《はし》れないし、体育《たいいく》の授業《じゅぎょう》だって、走《はし》り幅跳《はばと》びとかリレーとか、ずっと力《ちから》をぬいてやってるんだから」

「えー、本気《ほんき》でやったらいいじゃん。オリンピック選手《せんしゅ》になっちゃいなよ！」

「そんなので金《きん》メダルとったってうれしくないだろ」

あきれた声《こえ》を返《かえ》すと、アユムのほうから、あからさまなため息《いき》が聞《き》こえた。

「君《きみ》たち、もう少《すこ》しだけ口《くち》じゃなく、目《め》と耳《みみ》を使《つか》ってくれると助《たす》かるんだが」

ごめん、とふたりは素直《すなお》にあやまった。

茂《しげ》みをぬけると、木《き》の少《すく》ない開《ひら》けた草地《くさち》に出《で》た。

昨日《きのう》、カケルたちが〝オバケ〟を見《み》にきた場所《ばしょ》だ。

「ここからは3人《にん》で手分《てわ》けしてさがそう。20分後《ぷんご》に公園入《こうえんい》り口《ぐち》の前《まえ》に集合《しゅうごう》。シャイガイを見《み》つけたらユニバで連絡《れんらく》だ。袋《ふくろ》をかぶっているかの確認《かくにん》はくれぐれも慎重《しんちょう》に」

アユムの指示《しじ》にふたりはうなずく。

そして、20分後《ぷんご》。

3人《にん》は公園《こうえん》の入《い》り口前《ぐちまえ》に集《あつ》まって、むずかしい顔《かお》をしたり、腕《うで》を組《く》んで首《くび》をかしげたり、ウーンとうなったりしていた。

任務《ミッション》は、さっそく壁《かべ》にぶつかってしまった。

森《もり》の中《なか》にシャイガイの姿《すがた》はなかったのだ。

「で、このあとどうする～？」

車止《くるまど》めの柵《さく》に座《すわ》ったヒナタは、足《あし》をプラプラさせている。

「もうさー、山《やま》を下《お》りて町《まち》に行《い》っちゃったんじゃないの？」

「だとしたら、大《おお》さわぎになるはずだ。でも、そんな情報《じょうほう》はまだ入《はい》ってない」

アユムはさっきからユニバで地域《ちいき》の情報《じょうほう》をチェックしている。

カケルは周囲《しゅうい》に視線《しせん》をめぐらす。

「なあ、公園《こうえん》を出《で》て、丸円丘《ここ》のどこかにかくれてるとかはないか？」

「でもわたしたち、公園《こうえん》に来《く》るまでも、けっこうガッチリさがしてるよね」

丸円丘《まるまるおか》は草木《くさき》が密集《みっしゅう》した場所《ばしょ》が少《すく》なく、背《せ》の高《たか》い木《き》もあまりなくて、わりと見通《みとお》しのいい小《ちい》さな山《やま》だ。2メートルを超《こ》える怪物《かいぶつ》がうろついていれば目立《めだ》つだろう。

「そういえば、まだ調《しら》べていないところがあるな」

カケルは、ゆるやかなカーブを描《えが》きながら山頂《さんちょう》へとつづいている道《みち》に目《め》をむける。

「あの先《さき》って展望台《てんぼうだい》があるだけで、たしかなんにもないわよね」

展望台《てんぼうだい》は地元《じもと》の人《ひと》もほとんど行《い》かない場所《ばしょ》で、カケルも小《しょう》2の時《とき》に家族《かぞく》といったきりだ。思《おも》い出《で》もあまりないな、と思《おも》っていると。


ザッパーン！

突然《とつぜん》、大《おお》きな音《おと》が聞《き》こえてきた。

「うおっ、びっくりした。なんだ、いまの」

「なんか波《なみ》の音《おと》に聞《き》こえなかった？」

「どこに海《うみ》があるっていうんだ？」


ザッパーン！


たしかに、波《なみ》が岩《いわ》にぶつかるような音《おと》だ。

でも、この町《まち》のまわりに海《うみ》はないし、近《ちか》くに川《かわ》も流《なが》れていない。

しかもこの音《おと》は、山頂《さんちょう》の展望台《てんぼうだい》のほうから聞《き》こえてくる。

「考《かんが》えてもわかんないことは、確認《かくにん》してすっきりしようぜ」

カケルの言葉《ことば》に、ヒナタもアユムもうなずいた。

展望台《てんぼうだい》へ行《い》く道《みち》の途中《とちゅう》、カケルは足《あし》を止《と》めた。

道《みち》の真《ま》ん中《なか》に標識《ひょうしき》が立《た》っている。

赤《あか》い逆三角形《ぎゃくさんかくけい》に『**止《と》まれ**』と白《しろ》い字《じ》で書《か》かれた、町《まち》なかでよく見《み》る標識《ひょうしき》だ。

「どうかしたの？」

「いや、こんな場所《ばしょ》にも標識《ひょうしき》が立《た》ってるんだなって」

「標識《ひょうしき》なんてどこにでも立《た》ってるもんでしょ。道《みち》のど真《ま》ん中《なか》にあるのは邪魔《じゃま》だけど」

なんだかカケルは気《き》になった。地元《じもと》の人《ひと》もあまり来《こ》ないような場所《ばしょ》に立《た》つ、新品《しんぴん》のおろしたてのように鮮《あざ》やかな、この赤色《あかいろ》の標識《ひょうしき》が。

「『**一時停止**《いちじていし》』の道路標識《どうろひょうしき》か」

アゴに手《て》をあてながらアユムは標識《ひょうしき》をじっと見《み》る。

「こんなところに車《くるま》なんてこないのに、たしかに不自然《ふしぜん》な場所《ばしょ》に立《た》ってるな……」

「どうでもいいじゃん、そんなの。それよか、さっきの波《なみ》の音《おと》が気《き》になるー！」

ヒナタが標識《ひょうしき》の横《よこ》を通《とお》ろうと、一歩《いっぽ》ふみだしたのと同時《どうじ》だった。

『**一時停止**《いちじていし》』の標識《ひょうしき》が、クルクルクルッと回転《かいてん》しだした。

「なんだ？　これ、どんなしくみになってるんだ？」

「まさか……この標識《ひょうしき》……」

アユムは表情《ひょうじょう》をこわばらせる。

回転《かいてん》が止《と》まると、赤《あか》い逆三角形《ぎゃくさんかくけい》だった標識《ひょうしき》が、黄色《きいろ》い菱形《ひしがた》に変化《へんか》している。

そこには三角形《さんかくけい》の頂点《ちょうてん》から、なにかが落《お》ちているような黒《くろ》い絵《え》がある。

「まずい、もどれっ！」

アユムが叫《さけ》びながら、来《き》たほうへ走《はし》ってもどる。

なにがまずいのか？　わけがわからないカケルの目《め》の前《まえ》に、ボウリング玉《だま》くらいのなにかがものすごい勢《いきお》いで落《お》ちてきた。

「おわっ！」

ガゴッとにぶい音《おと》をさせて地面《じめん》に落《お》ちると、それは坂道《さかみち》をゴロンゴロンと転《ころ》がり落《お》ちていく。

石《いし》だ。空《そら》から石《いし》が降《ふ》ってきたのだ。

ハッと、カケルは見上《みあ》げる。

空《そら》に、いびつな丸《まる》い影《かげ》がいくつもあった。

それは、落《お》ちてくる無数《むすう》の石《いし》だ。

反射的《はんしゃてき》にカケルは地面《じめん》を蹴《け》って、ヒナタのほうへ跳《と》んでいた。

「きゃあっ!!　やだやだやだっ」

ガッ！　ゴッ！　ドスンッ!!

降《ふ》りそそぐ石《いし》の雨《あめ》の中《なか》、悲鳴《ひめい》をあげながら逃《に》げまわるヒナタを、カケルは両手《りょうて》ですくいあげるようにして抱《かか》える。いわゆる、お姫様抱《ひめさまだ》っこというやつだ。

その状態《じょうたい》で半復横跳《はんぷくよこと》びをするように地面《じめん》を蹴《け》って左《ひだり》に右《みぎ》に移動《いどう》し、落石《らくせき》をかわしていく。

地面《じめん》を蹴《け》れば蹴《け》るほどカケルのアクセレートが働《はたら》いて動《うご》きが速《はや》くなり、ヒナタからは、絶叫《ぜっきょう》マシンに乗《の》っているみたいな悲鳴《ひめい》があがる。

「アユムっ、なにが起《お》きてるんだ!?」

「『**落石注意**《らくせきちゅうい》』の標識《ひょうしき》が出《で》ているんだ！」

木《き》の下《した》でかがんで頭《あたま》を守《まも》りながら、アユムは答《こた》えになっていない返事《へんじ》をした。

石《いし》は山《やま》から落《お》ちてきているわけじゃない。

空中《くうちゅう》に突然《とつぜん》あらわれ、カケルたちの頭上《ずじょう》から降《ふ》ってくる。

また急《きゅう》に『**落石注意**《らくせきちゅうい》』の標識《ひょうしき》が回転《かいてん》しだすと、降《ふ》ってくる石《いし》がすべてパッと消《き》えた。

地面《じめん》に落《お》ちた石《いし》も消《き》えたかと思《おも》うと、今度《こんど》は横《よこ》なぐりの突風《とっぷう》が吹《ふ》く。

標識《ひょうしき》は黄色《きいろ》い菱形《ひしがた》の中《なか》に鯉《こい》のぼりのような絵《え》があるものに変化《へんか》していた。

「**『横風注意《よこかぜちゅうい》』**だっ！」

ごていねいに教《おし》えてくれるアユムの声《こえ》は風《かぜ》にかき消《け》される。

砂ぼこりが急流《きゅうりゅう》の川《かわ》みたいに足元《あしもと》を流《なが》れ、まわりの草《くさ》はみんな風《かぜ》に押《お》したおされる。

ヒナタを下《お》ろすと、ふたりで姿勢《しせい》を低《ひく》くして風《かぜ》に耐《た》える。

だが、立《た》っていられないほどの強風《きょうふう》で、トカゲみたいに地面《じめん》を手足《てあし》でつかむようにしていなければ、いまにも吹《ふ》き飛《と》ばされそうだ。

「**もしかしてこれも異常存在《いじょうそんざい》ってやつなのかあああ!?**」

「**それ以外《いがい》になにがあるううう!!**」

「**また変《か》わるわよおおおお!!**」

突風《とっぷう》の音《おと》のせいで、みんなの声《こえ》は自然《しぜん》と大《おお》きくなる。

また標識《ひょうしき》が回転《かいてん》をはじめると強風《きょうふう》は嘘《うそ》だったように止《や》む。

回転《かいてん》が止《と》まると黄色《きいろ》い菱形《ひしがた》はそのままで、中《なか》のシルエットだけが変化《へんか》する。

「うぎゃあっ、うそでしょ!?」

標識《ひょうしき》の絵《え》を見《み》たヒナタがあわてて近《ちか》くの木《き》の陰《かげ》にかくれる。

それは、なにもない空間《くうかん》からヌッとあらわれる。

大《おお》きな黒《くろ》いクマだ。

「クマはいないんじゃなかったのっ!?」

『**熊《くま》出《しゅつ》没《ぼつ》注《ちゅう》意《い》**』か。なるほど。標識《ひょうしき》が立《た》てば、そこにクマはいるってことになる」

アユムは感心《かんしん》したように言《い》った。

この山《やま》で目撃《もくげき》されたクマは、どうやらこいつだったようだ。

ノッシ、ノッシと大《おお》きな体《からだ》をゆらしながら、クマはヒナタの方《ほう》にむかっていく。

「ちょちょちょっ、なんでこっちくんのよー!?　**いやあ!　来《こ》ないでー!**」

「嶋《しま》ヒナタっ、あわてるな。クマに背中《せなか》をむけず、そのままゆっくり後《うし》ろに下《さ》がるんだ」

木《き》のそばまできたクマは、ヒナタのほうへグルリとまわりこむ。

「む、む、ムリぃぃぃい!」

アユムの忠告《ちゅうこく》もむなしく、ヒナタはクマに背中《せなか》をむけて走《はし》りだす。

クマも走《はし》りだし、助《たす》けようとカケルも走《はし》りだした、次《つぎ》の瞬間《しゅんかん》。


ドスーン!!


なにが起《お》きたのか。とつぜん木《き》がたおれ、クマを下敷《したじ》きにした。

木《き》は1メートルほどの高《たか》さのところで折《お》れている。ボキリと折《お》れているのではなく、そこだけゴムか粘土《ねんど》にでもなったかのようにグニャリと曲《ま》がっていた。

ヒナタがふれていたところが溶《と》けてしまったのだ。

「えっ？　わたしがやったの？　見《み》た？　木《き》がグニャッてなったよ！　すごくない!?」

気《き》がつくとクマはもう消《き》えていた。

が、息《いき》をつく間《ま》もなく標識《ひょうしき》は回転《かいてん》し、今度《こんど》は三角《さんかく》の黄色《きいろ》い標識《ひょうしき》に変化《へんか》する。

そこに描《えが》かれているのは、黒《くろ》い波《なみ》のようなもの。

「**来《く》るぞおおおお!!**」

アユムの警告《けいこく》と同時《どうじ》に、カケルのいる場所《ばしょ》が陽《ひ》をさえぎられたようにかげった。

巨大《きょだい》な水《みず》の壁《かべ》が目《め》の前《まえ》にそびえ立《た》っていた。

その壁《かべ》がゆっくりとカケルのほうに倒《たお》れてきて、

ザッパーン!!


大波《おおなみ》にのみこまれたカケルは、天地《てんち》がひっくり返《かえ》ったようになった。

水泳《すいえい》は得意《とくい》だ。なんとか泳《およ》いで脱《だっ》しようとしたが、ものすごい水《みず》の勢《いきお》いに何度《なんど》も転《ころ》がされ、流《なが》され、どうすることもできない。

しばらくたってから、カケルは目《め》を開《ひら》く。

「どうなっちゃったんだ、俺《おれ》」

道《みち》に大《だい》の字《じ》になって倒《たお》れていたカケルは、ゆっくりと身体《からだ》を起《お》こす。

そばにヒナタやアユムも転《ころ》がっている。

ふたりの身体《からだ》をゆすった。

「ヒナタっ、アユムっ!!」

「う、うーん……あれ？　わたし、生《い》きてる？」

ヒナタは寝起《ねお》きのような顔《かお》でカケルに問《と》いかける。

「生《い》きてるよ。起《お》きられるか？　ほら」

カケルが手《て》をさしだすと、ヒナタは首《くび》を横《よこ》にふる。

「まだだめ。カケルの手《て》、グニャグニャに溶《と》かしちゃうかも」

「おわっとっ！」

あわてて手《て》を引《ひ》っこめる。

「道《どう》路《ろ》標識《ひょうしき》におそわれるなんて。悪《わる》い夢《ゆめ》を見《み》てるみたい……」

ヒナタの言《い》うとおりだ。

あんなに水《みず》の中《なか》でもみくちゃにされたのに、髪《かみ》も服《ふく》もぬれていないし、地面《じめん》にもぬれた箇所《かしょ》はどこもない。夢《ゆめ》か幻《まぼろし》でも見《み》たみたいだ。

でも、ちゃんと水《みず》は冷《つめ》たかったし、風《かぜ》は吹《ふ》きとばされそうなほど強烈《きょうれつ》だった。

標識《ひょうしき》は、最初《さいしょ》に見《み》た『**一時《いちじ》停止《ていし》**』にもどっている。

「**SCP《エスシーピー》―910―JP《ジェイピー》**。通称《つうしょう》**〈シンボル〉**……」

アユムが頭《あたま》をおさえながら起《お》きあがった。

「あいつも施設《しせつ》から逃《に》げだした異常存在《いじょうそんざい》なのか？」

「財団《ざいだん》の監視下《かんしか》にあった異常存在《いじょうそんざい》であることはたしかだ」

「あれって生《い》き物《もの》なの？」

「どうだろう。ただ、意思《いし》があるとしか思《おも》えない行動《こうどう》をとっているね」

ポーズではなく、本当《ほんとう》に位置《いち》がズレたメガネをクイッと直《なお》した。

「意思《いし》がある行動《こうどう》って、なんだ？」

「あの標識《ひょうしき》は、だれもここから先《さき》へは進《すす》ませないつもりだ」

「だったら立《た》ち入《い》り禁止《きんし》の標識《ひょうしき》とかにしてよね！」

ヒナタは起《お》きあがって標識《ひょうしき》をにらみつける。

立《た》ち入《い》り禁止《きんし》でも、ヒナタはまた入《はい》っていきそうだが。

「でも、おとなしくなったな」

「僕《ぼく》たちが標識《ひょうしき》の先《さき》へ進《すす》まなければ、あそこに立《た》っているだけなんだろう」

アユムはこの件《けん》をユニバでツルギに報告《ほうこく》し、カケルたちに伝《つた》える。

「あとのことは財団《ざいだん》のほうで処理《しょり》する。僕《ぼく》らは、もう帰《かえ》っていいそうだ」

005

新《あら》たな問題《もんだい》

「また〈オバケ〉が出《で》たらしいよ！」

「今度《こんど》は1組《くみ》の人《ひと》が2丁目《ちょうめ》で見《み》たんだって」

「えー、やだー、帰《かえ》り道《みち》じゃん」

「でもさ、ちょっとだけ、見《み》てみたくない？」

「見《み》たいの？　それなら田中《たなか》って人《ひと》がね――」


翌日《よくじつ》、カケルのクラスはまた、朝《あさ》からオバケの話題《わだい》で盛《も》りあがっていた。

どうやら昨日《きのう》、町《まち》の中《なか》で目撃《もくげき》した人《ひと》がいたらしい。

「そのオバケって、シャイガイのことだよな」

「やっぱり山《やま》から町《まち》に下《お》りてきちゃったのね」

カケルとヒナタが廊下《ろうか》でこそこそと話《はな》していると、「君《きみ》たち」と呼《よ》びかけられた。

「おっ、アユム、おはよ！」

「おはよう、アユムくん」

「まずいことになったな」

あいさつどころではないといった様《よう》子《す》だ。

「町《まち》に出《で》るのは想定《そうてい》していたが、もうこんなものまで出《で》てきてしまった」

まわりに人《ひと》の目《め》がないことを確認《かくにん》すると、アユムは袖《そで》をまくってユニバの画面《がめん》を指《ゆび》でタップする。画面《がめん》のうえにホログラムで拡大《かくだい》された画像《がぞう》がうかびあがる。

「おっ、カッコイイな。それどうやるんだ？」

「あとで教《おし》える。それより見《み》てくれ」

家《いえ》が並《なら》んでいる住宅地《じゅうたくち》を少《すこ》し高《たか》いところから撮《と》った画像《がぞう》だ。

夕方《ゆうがた》で陽《ひ》も落《お》ちていて、しかも霧《きり》でかすんでいるからはっきりとは見《み》えないが、むかいの家《いえ》の塀《へい》の前《まえ》に、奇妙《きみょう》な影《かげ》がある。

人《ひと》にしては腕《うで》が長《なが》く、頭《あたま》の形《かたち》が縦《たて》に細長《ほそなが》い。

「ひっ、これシャイガイじゃない！」

ヒナタは顔《かお》を引《ひ》きつらせてのけぞった。

おととい公園《こうえん》の中《なか》で目撃《もくげき》し、ヒナタが撮《と》ったあの怪物《かいぶつ》と同《おな》じものに見《み》える。

「撮影者《さつえいしゃ》は僕《ぼく》のクラスの田中《たなか》ユウキ。昨日《きのう》の夕方《ゆうがた》6時《じ》すぎ、彼《かれ》の自宅《じたく》の2階《かい》の窓《まど》からカメラで撮影《さつえい》されたものだ。本人《ほんにん》が言《い》うには、たまたま外《そと》を見《み》ていたら、霧《きり》の中《なか》に奇《き》妙《みょう》な人影《ひとかげ》があるのであわてて撮《と》ったらしい」

これはカメラから直接《ちょくせつ》見《み》せてもらった際《さい》、ユニバでこっそり撮《と》ったものだと言《い》う。

「シャイガイのヤツ、こんな堂々《どうどう》と町《まち》のなかを歩《ある》いてるのか」

「よく見《み》えないけど、袋《ふくろ》はまだかぶっていそうね」

画像《がぞう》を切《き》ると、アユムは袖《そで》をもどしてユニバをかくす。

「田中《たなか》は丸円丘《まるまるおか》のオバケのうわさを聞《き》いてから、ずっと『見《み》たい、見《み》たい』とさわいでいた。念願《ねんがん》がかなってうれしかったんだろう。今朝《けさ》、クラスのみんなに自慢《じまん》げにこの画像《がぞう》を見《み》せて、ＳＮＳ《エスエヌエス》にあげてバズらせると息巻《いきま》いていたよ」

「うーわ、最悪《さいあく》……」

ヒナタは苦手《にがて》な毛虫《けむし》を見《み》たような顔《かお》をした。

やろうとしていたことは、ヒナタもあまり変《か》わらないのだが。

「そう、最悪《さいあく》さ。だから、こういう画像《がぞう》が存在《そんざい》するという情報《じょうほう》が広《ひろ》まる前《まえ》に、画像《がぞう》を見《み》たクラスメイト全員《ぜんいん》から、イレーサーでその記憶《きおく》を消去《しょうきょ》しておいた」

「おおお、すごいな、イレーサー！」

「記憶《きおく》を消《け》せるなんてチョー便利《べんり》よね」

「不便《ふべん》だよ。田中《たなか》のカメラにふれながら、画像《がぞう》を見《み》た一人《ひとり》ひとりにふれなくちゃならないんだ」

ああ、たしかにそれは大変《たいへん》だ。

「それに、田中《たなか》が『シャイガイを見《み》た』という記憶《きおく》までは消《け》せないんだ」

そうだ。アユムの能力《のうりょく》は、記憶《きおく》を消《け》す相手《あいて》と、消《け》したい記憶《きおく》の対象《たいしょう》、その両方《りょうほう》を手《て》で触《ふ》れなくてはならないのだ。

つまり、田中《たなか》からシャイガイを見《み》た記憶《きおく》を消《け》すには、田中《たなか》とシャイガイの双方《そうほう》にアユムがふれなくてはならない。そんなことは無理《むり》だ。

「じゃあ、せめてうわさが広《ひろ》がらないように田中《たなか》って人《ひと》の口《くち》、封《ふう》じちゃう？」

ヒナタが物騒《ぶっそう》なことを言《い》いだす。

「無駄《むだ》だよ。もう校内中《こうないじゅう》に広《ひろ》まっている。まあ、うわさは熱《ねつ》が冷《さ》めれば自然《しぜん》に消滅《しょうめつ》するものだから、ほうっておけばいい。問題《もんだい》はこの画像《がぞう》さ。ネットに流《なが》れると半永久的《はんえいきゅうてき》に残《のこ》るし、世界中《せかいじゅう》に拡散《かくさん》される」

「あ、それはまずいわね。本物《ほんもの》だってことになっちゃったら、ミーチューバーとか、うじゃうじゃ町《まち》に集《あつ》まってきそう！」

ちょっとだけヒナタがワクワクしているように見《み》えるのは気《き》のせいだろうか。

「この画像《がぞう》は基地《きち》にも送《おく》っておいた。解析《かいせき》してもらえば、なんらかの情報《じょうほう》が得《え》られるかもしれない。それから、田中《たなか》からカメラそのものの記憶《きおく》を消《け》した。これで撮影《さつえい》したことはおろか、このカメラの存在自体《そんざいじたい》、彼《かれ》の記憶《きおく》から消《き》えてなくなったはずだ。あとは、画像《がぞう》データを消去《しょうきょ》したカメラを、彼《かれ》の家《いえ》にそっと返却《へんきゃく》しておくだけだ」

「朝《あさ》から大仕事《おおしごと》だったのね……」

「アユムは、ほんとすごいよな」

カケルの口《くち》からは心《こころ》からの尊敬《そんけい》の言葉《ことば》が出《で》た。

勉強《べんきょう》もできて、むずかしい本《ほん》も読《よ》めて、任務《しごと》もしっかりこなす。

〈できる大人《おとな》〉って感《かん》じだ。

「それからもうひとつ、困《こま》ったことが起《お》きていてね」

こっちのほうが問題《もんだい》だというように、アユムは渋《しぶ》い表情《ひょうじょう》でメガネをクイッと直《なお》す。

「今度《こんど》はなんだよ？」

「学校《がっこう》ではダメだ。放課後《ほうかご》、裏門《うらもん》に集合《しゅうごう》しよう」

ヒナタを横目《よこめ》に見《み》てため息《いき》をつくと、アユムは自分《じぶん》の教室《きょうしつ》にもどっていった。

「え？　なんなの……わたしなにかした？」

ヒナタは不安《ふあん》げな顔《かお》をカケルにむけた。

放課後《ほうかご》。

学校《がっこう》の裏門《うらもん》に集合《しゅうごう》すると、シャイガイの画像《がぞう》が撮《と》られた2丁目《ちょうめ》にむかう。

居場所《いばしょ》につながるなにかが見《み》つかるかもしれないから調査《ちょうさ》をするのだ。

ただ、その前《まえ》に——。

「このあたりでいいだろう」

ひと気《け》のまったくない細《ほそ》い路地《ろじ》に入《はい》ったところで、ずっと無言《むごん》で先頭《せんとう》を歩《ある》いていたアユムが立《た》ちどまって、カケルとヒナタにふり返《かえ》る。

なにを言《い》われるのかと、ヒナタはカケルの後《うし》ろでこそこそしている。

「こそこそしないで、出《で》てきたらどうだ」

「な、なんなのよぉ……」

ヒナタはよけいにカケルの背中《せなか》にかくれる。

だが、アユムの視線《しせん》はヒナタではなく、その後《うし》ろのほうへむけられている。

そこには電信柱《でんしんばしら》があり、陰《かげ》からオレンジとイエローのものが青《あお》い目《め》でこちらをのぞいていた。

「あれっ、アイポッドだ！」

「うそうそ！　なんでここにいるの!?」

ヒナタがうれしそうに声《こえ》をはねあがらせた。

「彼《かれ》らは好奇心《こうきしん》がおうせいでね。興味《きょうみ》をもった対象《たいしょう》についてまわって、観察《かんさつ》をするという習性《しゅうせい》があるのさ。今回《こんかい》の観察対象《かんさつたいしょう》は嶋《しま》ヒナタ、君《きみ》のようだ」

「んまあっ、わたしについてきちゃったの？　おいで、おいで！」

かがみこんでヒナタが呼《よ》ぶと、2体《たい》そろって地面《じめん》をすべるように寄《よ》ってきた。

「もうひとつの習性《しゅうせい》は、愛情《あいじょう》をもって接《せっ》すると、なついてしまう。おとといの夜《よる》から、基地内《きちない》で姿《すがた》を見《み》なくなっていたらしい。嶋《しま》ヒナタを追《お》いかけて出《で》ていったんだ」

あんなにセキュリティのしっかりした施設《しせつ》からぬけだすなんて、このアイポッドたちも見《み》た目《め》よりすごい能力《のうりょく》を持《も》った生物《せいぶつ》なんだろう。

「イヌとかネコとか、動物《どうぶつ》、好《す》きだもんな。よかったな、ヒナタ」

「まったくよくない」

そう言《い》ってアユムは、楽《たの》しそうにアイポッドたちをなでるヒナタを見《み》て、ため息《いき》をつく。

「異常存在《いじょうそんざい》は財団《ざいだん》の最重要機密《さいじゅうようきみつ》だぞ。一般市民《いっぱんしみん》に見《み》られていいわけがないだろ」

「アユムくんが記憶《きおく》を消《け》してくれたらいいじゃない」

「簡単《かんたん》に言《い》うな。第一《だいいち》、なぜ僕《ぼく》が君《きみ》の尻《しり》ぬぐいをしなきゃいけないんだ」

アユムはビシッとヒナタを指《ゆび》さす。

「嶋《しま》ヒナタ、こうなったからには、君《きみ》が責任《せきにん》をもってアイポッドたちを人《ひと》の目《め》と危険《きけん》から守《まも》るんだ」

一瞬《いっしゅん》、キョトンとしたヒナタだが、コクンコクンと何度《なんど》もうなずく。

「うんうん、守《まも》る！　守《まも》りまくる！　やった〜、いっしょにいられるね〜」

ヒナタにほおずりされるアイポッドたち。

「ツルギからはオッケー出《で》てるのか？」

アユムは渋《しぶ》い表情《ひょうじょう》でうなずいた。

「閉《と》じこめとくよりはいいってさ」

アイポッドは、食《た》べることも眠《ねむ》ることも必要《ひつよう》としない、ただ〈見《み》る〉ことだけが必《ひっ》要《よう》な生物《せいぶつ》らしい。そんな彼《かれ》らから「見《み》る自由《じゆう》」をうばえば、大《おお》きなストレスをあたえてしまうことになるのだそうだ。

「アイポッドは危険《きけん》な異常存在《いじょうそんざい》が近《ちか》くにいれば、そのことを察知《さっち》して教《おし》えてくれる。危険《きけん》センサーとして、僕《ぼく》らの任務《ミッション》でも役《やく》に立《た》ってくれるだろう」

「マジか！　めちゃくちゃいい仲間《なかま》ができたな。なつかれてよかったな、ヒナタ」

ヒナタがグッと親指《おやゆび》を立《た》てた。

「これも任務《ミッション》のひとつだと考《かんが》えるべきだ」

アユムはきびしい表情《ひょうじょう》でつづける。

「アイポッドは逃《に》げる以外《いがい》に身《み》を守《まも》る手段《しゅだん》を持《も》たない、とても弱《よわ》い生物《せいぶつ》だ。なにかを守《まも》ることは、僕《ぼく》たちチームの成長《せいちょう》にもつながるだろうと、ツルギさんは言《い》っていた」

「でも、なんか意外《いがい》だな。異常存在《いじょうそんざい》はＳＣＰ《エスシーピー》財団《ざいだん》の最重要《さいじゅうよう》機密《きみつ》なんだろ？　もっとガッチガチにきびしく管理《かんり》されてるものだと思《おも》ってたからさ」

カケルの言葉《ことば》に、アユムはめずらしく苦笑《くしょう》した。

「あの人《ひと》はたまにこういう、財団《ざいだん》のルールにそぐわないような決断《けつだん》もするんだ。いつか本部《ほんぶ》からのお叱《しか》りがあるんじゃないかと、見《み》ていてヒヤヒヤするよ」

そんなぼやきを聞《き》いていると、ツルギよりもアユムのほうが財団《ざいだん》の先輩《せんぱい》みたいだ。

そんなアユム先輩《せんぱい》がメガネをクイッと直《なお》す。

「さて、調査《ちょうさ》を再開《さいかい》しよう。シャイガイは、この町《まち》のどこかにいるはずだ」

5年《ねん》4組《くみ》の西野《にしの》くんが〈オバケ〉を目撃《もくげき》してから、ちょうど1週間後《しゅうかんご》の日曜日《にちようび》。

たっぷりお昼《ひる》ごはんを食《た》べたカケルは、待《ま》ち合《あ》わせ場所《ばしょ》の丸円丘《まるまるおか》近《ちか》くのバス停《てい》にむかって走《はし》っていた。

現在《げんざい》、丸円丘《まるまるおか》は完全《かんぜん》に封鎖《ふうさ》されている。

標識《ひょうしき》の姿《すがた》をした異常存在《いじょうそんざい》〈シンボル〉が、まだ確保《かくほ》できていないからだ。

財団《ざいだん》は一般市民《いっぱんしみん》が異常存在《いじょうそんざい》と接触《せっしょく》しないように、町役場《まちやくば》のホームページにクマの目撃情報《もくげきじょうほう》を公開《こうかい》し、遊歩道《ゆうほどう》の入《い》り口《ぐち》に『**立入禁止**《たちいりきんし》』と『**熊出没注意**《くましゅつぼつちゅうい》』の標識《ひょうしき》を立《た》てた。

まあ、ウソはついてないよな、とカケルは思《おも》う。実際《じっさい》、クマにおそわれたし。

「なんで？　かわいくて似合《にあ》ってるんだからイイじゃん！」

「そういう問題《もんだい》じゃない。第一《だいいち》、この子《こ》たちは君《きみ》のペットじゃないんだぞ」

バス停《てい》にはもうヒナタとアユムがいて、なんだか険悪《けんあく》な空気《くうき》になっていた。

ふたりの足《あし》もとをクルクルと走《はし》りまわっているアイポッドたちの頭《あたま》（？）の突起《とっき》には、ピンクとパープルのリボンがついている。

「なにもめてるんだよ、ふたりとも」

「あっ、カケル、聞《き》いてよ。わたしがアイちゃんとポドちゃんにつけたステキなリボンに、アユムくんがイチャモンつけてくるの！」

「ただでさえ人目《ひとめ》をさけたい状況《じょうきょう》なのに、わざわざこんな趣味《しゅみ》の悪《わる》いリボンで目立《めだ》つようなことはやめろと言《い》っただけだ」

アイポッドたちはいま、ヒナタの家《いえ》に住《す》んでいる。

家《いえ》のなかをチョロチョロと動《うご》いて、ヒナタや彼女《かのじょ》の家族《かぞく》のことを観察《かんさつ》しているだけで、なにも食《た》べないし、トイレにもいかない。

ヒナタの家族《かぞく》は、こういうオモチャだと思《おも》っているらしい。まあ、たしかにオモチャっぽいといえばオモチャっぽいが。

で、オレンジのほうを**アイちゃん**、イエローのほうを**ポドちゃん**と名《な》づけ、ヒナタ

は本格的《ほんかくてき》にペットとしてかわいがっていた。

「あったまきた！　そのキザメガネ、キャンディで**グンニャグニャ**にしてやる！」

「僕《ぼく》のイレーサーで、君《きみ》からアイポッドの記憶《きおく》を**きれいに消《け》してあげるよ**」

ふたりとも両手《りょうて》を広《ひろ》げて物騒《ぶっそう》なことを言《い》いだしたので、カケルはあわててあいだに入《はい》ってケンカを止《と》める。

「やめろってふたりとも！　アユムも、らしくないぞ」

ふん、と鼻《はな》を鳴《な》らしたアユムは、バス停《てい》のベンチに座《すわ》ると文庫本《ぶんこぼん》を読《よ》みだした。

ここ数日《すうじつ》、ふたりからイライラの空気《くうき》が出《で》ていたのは感《かん》じていた。それが、ここにきて爆発《ばくはつ》したようだ。

ふたりがいらだつのも無理《むり》はない。

カケルたちはシャイガイを追《お》って、数日《すうじつ》かけて叶町《かないちょう》のほぼ全体《ぜんたい》を調査《ちょうさ》した。

この町《まち》はほとんどが住宅地《じゅうたくち》で、調《しら》べるところはそれほど多《おお》くない。

それでも、児童公園《じどうこうえん》、駐車場《ちゅうしゃじょう》、空《あ》き地《ち》、神社《じんじゃ》、工事《こうじ》が止《と》まったままの工事現場《こうじげんば》、あやしい場所《ばしょ》は手当《てあ》たり次第《しだい》に行《い》ってみた。

でも、町《まち》のどこにもシャイガイと出会《であ》える気配《けはい》はない。

それなのになぜか、「オバケを見《み》た」という目撃情報《もくげきじょうほう》が日《ひ》に日《ひ》に増《ふ》えているのだ。

学校《がっこう》でも毎日《まいにち》のように「何組《なんくみ》の○○くんが見《み》た」という話《はなし》が耳《みみ》に入《はい》ってくる。

なんだか、シャイガイに遊《あそ》ばれているみたいだ。

なかなか成果《せいか》をあげられないことに、アユムはかなりあせっているようだ。

あんなにクールじゃない姿《すがた》ははじめて見《み》た。

びっくりしたけど、ちょっといいなと、さっきのケンカを見《み》てカケルは思《おも》った。

「俺《おれ》のアクセレートで！」みたいなヒーローっぽい熱《あつ》いセリフを自分《じぶん》も叫《さけ》んでみたい。

SCP財団《エスシーピーざいだん》にあたえられた任務《ミッション》をがんばっていれば、いつかそんな時《とき》もくるはずだ。

カケルはこぶしをぎゅっとにぎりしめる。

「ヒナタ、アユム、今日《きょう》こそシャイガイを見《み》つけような！」

「カケルって、ほんといつも前《まえ》むきね」

ヒナタは両手《りょうて》をグッパッ、グッパッと開《ひら》いたりにぎったりしている。手《て》の中《なか》には石《いし》があって、能力《のうりょく》がおさまったかどうかを確認《かくにん》しているらしい。

その足《あし》もとではアイポッドたちがグッパッをジィッと見《み》つめている。

「で、どうするの？　もう探《さが》す場所《ばしょ》なんてないでしょ」

問題《もんだい》はそこだ。この町《まち》のあやしそうなところは調《しら》べつくしてしまった。

「うーん、あとは人《ひと》の住《す》んでない家《いえ》とかだな。空《あ》き家《や》とか、ずっと留守《るす》の家《いえ》とか」

「可能性《かのうせい》はかなり低《ひく》いな」

文庫本《ぶんこぼん》に視線《しせん》を落《お》としながら、アユムがボソリと話《はなし》に入《はい》ってくる。

「財団《ざいだん》の報告書《ほうこくしょ》によると、シャイガイには知性《ちせい》がないらしい。窓《まど》やドアが開《ひら》いたままなら侵入《しんにゅう》できるが、鍵《かぎ》の閉《し》まった建物《たてもの》に入《はい》りこむことは不可能《ふかのう》とみていいだろう」

「そこはぶっ壊《こわ》して入《はい》るんじゃないの？　怪物《かいぶつ》なんだし」

「この町《まち》は住宅地《じゅうたくち》だ。窓《まど》を割《わ》ったり、扉《とびら》を壊《こわ》したりすれば、音《おと》に気《き》づいた付近《ふきん》の住人《じゅうにん》が通報《つうほう》するはずだ。いまのところ、そういう報告《ほうこく》は入《はい》っていない」

アユムにいつものクールさがもどってきて、カケルはホッとする。

「それに、シャイガイは顔《かお》さえ見《み》られなければ、基本《きほん》、おとなしい怪物《かいぶつ》なんだ。収容《しゅうよう》時《じ》の生活記録《せいかつきろく》を見《み》たんだけど、一日中《いちにちじゅう》、同《おな》じ場所《ばしょ》にボーッと立《た》っていたり、意味《いみ》もなくウロウロしたりしているだけだったそうだ。破壊行為《はかいこうい》なんてしないだろう」

顔《かお》を見《み》られたら災害《さいがい》レベルの大暴《おおあば》れをするけど、それ以外《いがい》はどんな動物《どうぶつ》よりもおとなしい、不死身《ふじみ》の怪物《かいぶつ》シャイガイ。本当《ほんとう》にヘンなやつだ。

「わっかんないなあー。じゃあ、マジでどこにいっちゃったんだ？」

カケルはかゆくもない頭《あたま》をガリガリとかいた。

おとなしいと言《い》っても、2メートルを超《こ》える怪物《かいぶつ》だ。うろうろしていれば必《かなら》ず人目《ひとめ》についてしまう。だから絶対《ぜったい》、人目《ひとめ》につかない場所《ばしょ》にいるはずなのだ。

パタンと本《ほん》を閉《と》じて、アユムがふたりに提案《ていあん》する。

「どうだろう、調査範囲《ちょうさはんい》を他《ほか》の町《まち》にも広《ひろ》げてみないか」

「そーねー。意外《いがい》と隣《となり》の願町《ねがいちょう》あたりにいたりして」

「願町《ねがいちょう》か。俺《おれ》たちの町《まち》と似《に》たようなもんだけどな。――**あっ！**」

びっくりしたようにはねたアイポッドたちが、カケルに青《あお》い目《め》をむける。

「そういえばさ、願町《ねがいちょう》には〈オバケ〉が自由《じゆう》に出入《でい》りできる場所《ばしょ》があったよな」

「えっ？　そんなのあっ……**あーっ!!**」

ピョンとはねたアイポッドたちは、今度《こんど》はヒナタに青《あお》い目《め》をむけた。

007

シャイガイはここにいる！

願町《ねがいちょう》の第四小学校《だいよんしょうがっこう》は、カケルたちの通《かよ》う第五小学校《だいごしょうがっこう》より古《ふる》くて歴史《れきし》があるらしい。

カケルは何度《なんど》かサッカーの試合《しあい》をしにきたことがある。

霧《きり》にけむる運動場《うんどうじょう》には、開放時間《かいほうじかん》なのに遊《あそ》んでいる子《こ》はひとりもいなかった。

「町《まち》をさまよう〈オバケ〉のウワサに、この霧《きり》。子《こ》どもを家《いえ》に閉《と》じこめておくには、いい組《く》みあわせだな。僕《ぼく》らにとって都合《つごう》のいい状況《じょうきょう》だ」

「俺《おれ》は早《はや》く霧《きり》が晴《は》れてほしいな。ボールが見《み》えなくてサッカーもできないよ」

「シャイガイ、ここにいるかな？」

ヒナタは緊張《きんちょう》ぎみの顔《かお》で旧校舎《きゅうこうしゃ》を見上《みあ》げる。

〈ないないオバケ〉が住《す》み、自由《じゆう》に出《で》入《い》りしていたと言《い》われている場所《ばしょ》だ。

建物《たてもの》自体《じたい》は古《ふる》くは見《み》えないが、１階《かい》の窓《まど》はすべて鉄《てつ》のトタン板《いた》でふさがれ、使《つか》われていないのは一目瞭然《いちもくりょうぜん》だ。

昇降口《しょうこうぐち》のほうにまわってみると入《い》り口《ぐち》の戸《と》は閉《し》まって開《ひら》かず、『補修工事中《ほしゅうこうじちゅう》』と書《か》かれたプレートがかかっている。

入《はい》れるところをさがして校舎《こうしゃ》をぐるりとまわるが、どこもふさがれている。

「ずいぶん厳重《げんじゅう》だな。トタンも新《あたら》しいし、最近《さいきん》また封鎖《ふうさ》しなおした感《かん》じだ」

「うー、これじゃ、シャイガイも入《はい》れないか」

カケルはがっかりする。

「どうしたの？　アイちゃん、ポドちゃん」

アイポッドたちが上《うえ》のほうをじっと見《み》つめたまま動《うご》かない。

カケルとアユムは、その視線《しせん》をたどって顔《かお》を上《あ》げる。

3階《かい》の窓《まど》はトタン板《いた》を打《う》ちつけられていない。

その窓《まど》のむこうを一瞬《いっしゅん》、なにかが横切《よこぎ》った。そのシルエットは——。

「見《み》たか？　アユム」

「**シャイガイだ。まちがいない**」

その場《ば》の空気《くうき》がピーンとはりつめる。

「ど、どうするの？　もう行《い》く？　もうやるの？」

ヒナタの落《お》ちつきがなくなってきた。

アユムは口元《くちもと》にユニバを近《ちか》づける。

『こちらアユム。第四小学校旧校舎《だいよんしょうがっこうきゅうこうしゃ》でシャイガイを確認《かくにん》。これより潜入《せんにゅう》します』

すると3人《にん》のユニバが同時《どうじ》にピロンと鳴《な》る。

『お手柄《てがら》だ、君《きみ》たち』

ユニバからツルギの声《こえ》が聞《き》こえた。

『ここからは慎重《しんちょう》に行動《こうどう》してほしい。まず、必《かなら》ず背後《はいご》からシャイガイの頭《あたま》の袋《ふくろ》があるかを確認《かくにん》するんだ。袋《ふくろ》をかぶっていたら、その場《ば》でシャイガイを確保《かくほ》。だがもし、かぶっていなかったら、即時《そくじ》、退避行動《たいひこうどう》をとること。全力《ぜんりょく》でそこから逃《に》げるんだ』

3人《にん》とも『了解《りょうかい》！』と返《かえ》し、通信《つうしん》を切《き》る。

カケルは胸《むね》が熱《あつ》くなる。心臓《しんぞう》がドックドックと大《おお》きく鳴《な》っている。

これだ。こういう展開《てんかい》を待《ま》っていたんだ。

「僕《ぼく》らが見《み》つけていない入《い》り口《ぐち》が必《かなら》ずあるはずだ。さがすぞ」

「まって。それなら、わたしがなんとかできるけど」

ヒナタがちょこんと手《て》をあげる。

「わたしいま、チョー、テンパってますから」


ヒナタは、昇降口《しょうこうぐち》の鉄《てつ》の戸《と》に左手《ひだりて》をつける。

「じゃ、戸《と》は壊《こわ》しちゃうけど、弁償《べんしょう》は財団《ざいだん》がしてよね」

グニュッと粘土《ねんど》のように戸《と》がへこんで、そのまま左手《ひだりて》がズブズブと沈《しず》んでいく。

「おお、何度《なんど》見《み》てもすごいな！」

「熱《ねつ》を使《つか》わず金属《きんぞく》を溶《と》かす。いったいどんな力《ちから》が働《はたら》いているんだ。興味深《きょうみぶか》いな」

感心《かんしん》するカケルとアユムのそばで、アイポッドたちも夢中《むちゅう》になって観察《かんさつ》している。

手首《てくび》まで埋《う》まると、ヒナタの腕《うで》はズボッと肘《ひじ》まで入《はい》って戸《と》を貫通《かんつう》する。

「トンネル開通《かいつう》～！　んじゃ、あとは男子《だんし》ふたりでよろしくね。わたしはしばらく、なんにもさわれないから」

ヒナタと入《い》れかわったカケルは、戸《と》にあいた穴《あな》から手《て》を入《い》れて内鍵《うちかぎ》をガチリとまわす。

両開《りょうびら》きの引《ひ》き戸《ど》をアユムとふたりで開《あ》けると、アイポッドたちがすべりこむように中《なか》へ入《はい》り、青《あお》い瞳《ひとみ》をいそがしく動《うご》かして、下駄箱《げたばこ》が並《なら》ぶ光景《こうけい》を観察《かんさつ》していた。

「昇降口《しょうこうぐち》の扉《とびら》は逃《に》げ道《みち》として開《あ》けたままにしておこう」

さすがアユム、チームの頭脳《ずのう》だ。大事《だいじ》な判断《はんだん》をしてくれる。

「中《なか》はけっこう暗《くら》いのね……」

1階《かい》は外《そと》から窓《まど》をふさがれているから、廊下《ろうか》の奥《おく》のほうは真《ま》っ暗《くら》だ。

「問題《もんだい》ない。ユニバにはライト機能《きのう》もついている」

アユムが使《つか》い方《かた》を教《おし》えてくれる。これがとても便利《べんり》で、画面《がめん》から出《で》る光《ひかり》の明《あか》るさを、ロウソクの火程度《ひていど》から、直視《ちょくし》できないほどまぶしい白光《はっこう》まで調節《ちょうせつ》できる。

それから念《ねん》のため、ツルギからの連絡《れんらく》があっても通知音《つうちおん》が鳴《な》らない設定《せってい》にする。

まず、シャイガイを見《み》た3階《かい》へむかう。

移動《いどう》は一列《いちれつ》。先頭《せんとう》はカケル。その後《うし》ろにアユム、ヒナタ、アイポッドとつづく。

いつシャイガイが姿《すがた》を見《み》せるかもわからない。

いきなり顔《かお》を見《み》てしまわないように、視線《しせん》を斜《なな》め下《した》にむけながら進《すす》んだ。

廊下《ろうか》にはほこりがかなり積《つ》もっている。

カケルは足《あし》を止《と》める。

「どうした、いたのか？」

アユムが後《うし》ろから聞《き》いてきた。

「**いや、足跡《あしあと》がある**」

ほこりの上《うえ》に、なにかが通《とお》った跡《あと》が廊下《ろうか》の奥《おく》へとつづいている。

何往復《なんおうふく》もしていて、足跡《あしあと》と足跡《あしあと》が重《かさ》なりあっている。

「シャイガイのじゃないな」

これは靴跡《くつあと》だ。

カケルの見《み》たシャイガイは裸《はだか》だった。靴《くつ》なんてはいてないだろう。

アユムはかがんで、足跡《あしあと》をじっと見《み》てから言《い》う。

「ほこりの上《うえ》を歩《ある》いているということは、少《すく》なくとも、この旧校舎《きゅうこうしゃ》が使《つか》われなくなってから入《はい》ったヤツの足跡《あしあと》ってことだ」

「こんな場所《ばしょ》に入《はい》るヤツなんているか？」

「いたじゃん、ひとり」

ヒナタの声《こえ》はふるえている。

「〈ないないオバケ〉を信《しん》じなかった、5年生《ねんせい》の男《おとこ》の子《こ》……」

――そうだ。いた。『そんなオバケいるもんか』と言《い》ってひとりで旧校舎《きゅうこうしゃ》に入《はい》り、〈ないないオバケ〉に顔《かお》を取《と》られて〈のっぺらぼう〉になってしまった子《こ》だ。

「第四小《だいよんしょう》の怪談《かいだん》か。その話《はなし》は僕《ぼく》も聞《き》いたことがあるが、ただのうわさだよ」

「でもわたし、ほんとに起《お》きた話《はなし》だって聞《き》いたけど」

アユムは立《た》ちあがって「フッ」と笑《わら》う。

「その手《て》の話《はなし》をするヤツは、みんな言《い》うよ。『これは本当《ほんとう》に起《お》きたことだ』『これは実《じっ》話《わ》だ』って。そんな事件《じけん》が実際《じっさい》に起《お》きていたら、世間《せけん》はもっと大騒《おおさわ》ぎしているさ」

「たったいま異常存在《いじょうそんざい》を追《お》いかけてる人《ひと》が、それ言《い》う〜？」

「とにかく、いまは足跡《あしあと》なんて気《き》にしなくていい。オバケなんかを撮影《さつえい》しにいくだれかさんみたいな物好《ものず》きな人間《にんげん》が、きもだめし目的《もくてき》でここに入《はい》ったんだろう」

「はいはい、物好《ものず》きですみませんでしたー。ほーんとアユムくんってヤな感《かん》じね」

このふたり、なかなか仲《なか》よくなってくれないなあ。

カケルは苦笑《にがわら》いする。


3階《かい》に着《つ》いた。

階段《かいだん》を上《あ》がったところで、カケルは慎重《しんちょう》に気配《けはい》をうかがいながら廊下《ろうか》をのぞく。

窓《まど》はふさがれていないので廊下《ろうか》は明《あか》るい。

廊下《ろうか》のつきあたりまで見通《みとお》せるが、シャイガイの姿《すがた》はない。

「……いないぞ」

アユムもヒナタも、そうっと廊下《ろうか》をのぞきこむ。

「――本当《ほんとう》ね。他《ほか》の階《かい》に移動《いどう》したのかな？」

「あるいは、教室《きょうしつ》の中《なか》かもな」

アユムの言葉《ことば》で、カケルもヒナタもすぐそばの教室《きょうしつ》に目《め》をやる。

「端《はし》から確認《かくにん》していこう。嶋《しま》ヒナタ、君《きみ》はアイポッドの反応《はんのう》を見《み》るんだ」

「アイちゃん、ポドちゃん、こわいのが近《ちか》くにいたら教《おし》えてね～」

言葉《ことば》を理解《りかい》したのか、アイポッドたちは同時《どうじ》に教室《きょうしつ》のほうを見《み》た。

3階《かい》には5年生《ねんせい》の教室《きょうしつ》があるようだ。

カケルを先頭《せんとう》に1組《くみ》から確認《かくにん》していく。

教室《きょうしつ》の引《ひ》き戸《ど》は開《あ》けず、廊下側《ろうかがわ》の壁《かべ》の下《した》にある小《ちい》さな通気用《つうきよう》の戸《と》を開《あ》け、そこから確認《かくにん》していく。

このやり方《かた》なら、教室《きょうしつ》の中《なか》にシャイガイがいても、その足《あし》しか見《み》えず、安全《あんぜん》に確認《かくにん》できるというわけだ。

「よし、1組《くみ》はいない」

2組《くみ》にもシャイガイはいなかった。

次《つぎ》は3組《くみ》へ移動《いどう》しようというタイミングで、3人《にん》のユニバが同時《どうじ》にメッセージを受信《じゅしん》した。

『緊急連絡《きんきゅうれんらく》

SCP《エスシーピー》財団《ざいだん》のマーク入《い》り布袋《ぬのぶくろ》を叶町内《かないちょうない》の路上《ろじょう》で発見《はっけん》
現在《げんざい》SCP《エスシーピー》―096は布袋《ぬのぶくろ》をかぶっていない
調査《ちょうさ》チームはただちに退避《たいひ》せよ』

「こ、これ、まずくない？」

ユニバのメッセージを見《み》るヒナタの顔色《かおいろ》が真《ま》っ青《さお》になる。

「シャイガイはいま、顔《かお》がむきだしってことか」

「すぐにここを出《で》るぞ」

アユムの指示《しじ》にカケルとヒナタがうなずいた時《とき》だった。

ガタンッ
机《つくえ》か椅子《いす》が倒《たお》れたような大《おお》きな物音《ものおと》がした。

と、同時《どうじ》にヒナタとアユムは反射的《はんしゃてき》に音《おと》のしたほうへ顔《かお》をむけた。

さらに同時《どうじ》に、奥《おく》の教室《きょうしつ》から、なにかが廊下《ろうか》に転《ころ》がり出《で》てきた。

瞬間的《しゅんかんてき》な反応《はんのう》だった。

カケルは目《め》の前《まえ》の戸《と》を勢《いきお》いよく開《あ》け、ヒナタとアユムの背中《せなか》をつき飛《と》ばした。

そして足《あし》もとのアイポッドたちをかかえるようにして自分《じぶん》も中《なか》に転《ころ》がりこむ。

すぐさまヒナタが戸《と》を閉《し》める。

その戸《と》に背中《せなか》をもたせかけたヒナタは、ヘナヘナと床《ゆか》にへたりこんだ。

今度《こんど》は顔色《かおいろ》が真《ま》っ白《しろ》になっている。

「どうしよう……わたし……見《み》ちゃった……」

「——!? 見《み》たって、おい、まさか……」

「……見《み》ちゃった……シャイガイの顔《かお》……」

そのショックでキャンディが発動《はつどう》したようだ。

戸《と》にはヒナタが閉《し》めた時《とき》にできた、手《て》の形《かたち》に溶《と》けた跡《あと》が残《のこ》っている。

「僕《ぼく》も油断《ゆだん》した」

アユムはけわしい顔《かお》でメガネをクイッと直《なお》した。

「アユムも、ヤツの顔《かお》を見《み》たのか?」

「本当《ほんとう》に一瞬《いっしゅん》だ。一瞬《いっしゅん》すぎて、よく見《み》えなかった。それでも、シャイガイは顔《かお》を見《み》られたと判断《はんだん》したはずだ」

「わたしも顔《かお》なんてよくわかんなかったよ。それでもダメなの？　アウトなの？」

この危機的状況《ききてきじょうきょう》を理解《りかい》しているのか、アイポッドたちは机《つくえ》の下《した》に隠《かく》れてカケルたちのことをジッと見《み》つめていた。

ンオオオ……ンオオオオオ……

不気味《ぶきみ》な低《ひく》い声《こえ》が聞《き》こえてくる。

「ここから逃《に》げないと！」

ヒナタが立《た》ちあがって窓《まど》のほうへ走《はし》る。

でも、ヒナタは窓《まど》の前《まえ》で立《た》ち止《ど》まると、そのまま固《かた》まってしまった。

「ううっ、でもムリッ！」

窓《まど》の下《した》はなにもない地面《じめん》だ。飛《と》びおりて無傷《むきず》でいられる高《たか》さじゃない。

それに、幼《おさな》なじみのカケルは知《し》っている。

ヒナタは高《たか》いところが苦手《にがて》なのだ。小《ちい》さいころに、公園《こうえん》のジャングルジムから下《お》りられなくなってワンワン泣《な》いているヒナタを助《たす》けてあげたことがあった。

「無駄《むだ》だよ」

冷静《れいせい》なトーンで言《い》ったのは、片膝《かたひざ》を立《た》て、壁《かべ》に寄《よ》りかかって座《すわ》っているアユムだ。

その表情《ひょうじょう》もいつものようにクールだけど、顔《かお》にはひと筋《すじ》の汗《あせ》が流《なが》れている。

「シャイガイは、顔《かお》を見《み》られてすぐには追跡《ついせき》しない。1分《ぷん》から2分《ふん》、自分《じぶん》の顔《かお》を両手《りょうて》で覆《おお》い、泣《な》くような声《こえ》をあげるんだ」

ンオオオオオ……ンオオオオオオ……

「――この声《こえ》だ。これが聞《き》こえなくなったら、シャイガイは追跡《ついせき》を開始《かいし》する。自分《じぶん》の顔《かお》を見《み》たものを、おそろしい速《はや》さで追《お》いかける。どこへ逃《に》げても……意味《いみ》がない」

「そんなあっさり、あきらめるなよ！」

「相原《あいはら》カケル、君《きみ》はシャイガイの顔《かお》を見《み》てないんだろ？」

カケルはうなずく。

「なら、君《きみ》だけは逃《に》げろ。アクセレートなら一瞬《いっしゅん》さ」

「バカ言《い》うな。仲間《なかま》をおいて逃《に》げるわけないだろ！」

「バカは君《きみ》だ。このままでは大災害《だいさいがい》が起《お》きる。いったん退《ひ》いて、シャイガイ確保《かくほ》の次《つぎ》の行動《こうどう》にうつれ。臨時職員《りんじしょくいん》とはいえ、君《きみ》もSCP《エスシーピー》財団《ざいだん》の人間《にんげん》なんだぞ」

「なら、みんなでどうにかしよう！　ほら立《た》てよ！」

カケルはアユムの腕《うで》をつかむが、ふりはらわれた。

「僕《ぼく》はね、本気《ほんき》でSCP《エスシーピー》財団《ざいだん》の、ツルギさんの力《ちから》になりたいと思《おも》っていたんだ。だから、異常存在《いじょうそんざい》の報告書《ほうこくしょ》をたくさん読《よ》んで勉強《べんきょう》した。財団《ざいだん》の人《ひと》たちがこれまで命《いのち》をかけて集《あつ》めたデータをね」

「わかってる。アユムはすごいやつだよ。でもいまは――」

ンオオオオ、ンブォオオオオ
気《き》のせいだろうか。さっきよりも泣《な》き声《ごえ》が近《ちか》く聞《き》こえる。

ズズ、ズズズッ
なにかを引《ひ》きずるような音《おと》もしだした。

――気《き》のせいなんかじゃない。

まだ泣《な》き叫《さけ》んでいるが、**シャイガイは追跡《ついせき》を開始《かいし》したのだ。**

「アユム、頼《たの》むから立《た》ってくれ！」

「さわるな！　僕《ぼく》も財団《ざいだん》のために少《すこ》しでもシャイガイのデータを残《のこ》したいんだ。いま、ユニバでこの状況《じょうきょう》を録音《ろくおん》している。だから、乱暴《らんぼう》に腕《うで》をつかまれると困《こま》るのさ」

「そんなデータよりも、命《いのち》を残《のこ》せよ、アユム！」

「わたしはヤダから！」

ヒナタは教室《きょうしつ》の前側《まえがわ》の戸《と》に走《はし》った。外《そと》から開《あ》けられないように教室《きょうしつ》の戸《と》の四辺《しへん》をキャンディで溶《と》かしはじめる。溶接《ようせつ》というやつだ。

「こんなところで、負《ま》けるのはヤダ！　だってわたし、有名《ゆうめい》になるんだもん！　キラキラ光《ひか》って、みんなが注目《ちゅうもく》する、カッコイイ人《ひと》になるって決《き》めたんだもん！」

ヒナタの感情《かんじょう》がどんどんたかぶっているのがわかる。彼女《かのじょ》がふれた部分《ぶぶん》の戸《と》は、液体《えきたい》のようになってボタボタと床《ゆか》にしたたり落《お》ちている。

「でもカケル、もしダメだってなったら、アイちゃんとポドちゃんをお願《ねが》い」

ヒナタにうるんだ瞳《ひとみ》をむけられて、カケルは決《き》めた。

「わかった！　まかせろ！」

その言葉《ことば》を聞《き》いて、アユムはうなずく。

「やっとわかってくれたか」

「俺《おれ》、あいつと走《はし》ってくるよ！」

アユムもヒナタも、「なにを言《い》ってるんだこいつ」という顔《かお》をしている。

「シャイガイからは絶対《ぜったい》に逃《に》げられないんだよな？　**なら、俺《おれ》は絶対《ぜったい》に追《お》いつかれないように全力《ぜんりょく》で走《はし》るよ！**」

「……えーと、相原《あいはら》カケル。君《きみ》は自分《じぶん》の日本語《にほんご》が変《へん》だって気《き》づいているか？」

カケルは元気《げんき》いっぱいにうなずく。

「俺《おれ》、国語《こくご》も苦手《にがて》だからな。でも体育《たいいく》は得意《とくい》だ。ヤツがヘトヘトになるまで走《はし》らせて、疲《つか》れてへばったところで、俺《おれ》の汗《あせ》だくのシャツでも頭《あたま》にかぶせてやるよ」

「カケル、シャイガイの顔《かお》を見《み》るつもり!?」

ズズズズ、ズズズッ

ンブォオ、ンボオオ

シャイガイは、隣《となり》の教室《きょうしつ》のあたりまで近《ちか》づいてきた。

「よし、エンジンかけるぞ！」

カケルはその場《ば》でランニングのように足踏《あしぶ》みをはじめる。

腕《うで》をふって、膝《ひざ》を上《あ》げて。

そのくり返《かえ》しで、アクセレートのエネルギーをためていく。

足踏《あしぶ》みがどんどん速《はや》くなっていく。

床《ゆか》を蹴《け》る足《あし》の裏《うら》が摩擦《まさつ》で熱《あつ》くなり、床《ゆか》から糸《いと》のような白《しろ》い煙《けむり》がのぼる。

「ヒナタ、アユム、アイポッドたちも、ちゃんと逃《に》げろよ！」

「待《ま》て！」

「カケル！」

ガラララッ！

教室《きょうしつ》の後《うし》ろ側《がわ》の戸《と》を開《あ》けると、カケルは勢《いきお》いよく廊下《ろうか》に飛《と》びだした。

「**シャイガイ！　俺《おれ》にお前《まえ》の顔《かお》を見《み》せてみろ！**」

それはもう、カケルの目《め》の前《まえ》にいた。

そして。

「**んぼぼぼ**」

布袋《ぬのぶくろ》をかぶった顔《かお》から、そう聞《き》こえる不気味《ぶきみ》な声《こえ》を発《はっ》した。

「……あれ？」

まだ、頭《あたま》に布袋《ぬのぶくろ》をかぶっている。

叶町《かないちょう》の路上《ろじょう》に落《お》ちていたって、さっき報告《ほうこく》がきたはずなのに。

目《め》の前《まえ》にある布袋《ぬのぶくろ》をかぶった顔《かお》の下《した》は、半袖《はんそで》の白《しろ》いシャツと黒《くろ》いズボン。

これは小学校《しょうがっこう》の体操着《たいそうぎ》だ。運動靴《うんどうぐつ》もはいている。

２メートル以上《いじょう》あるはずの身長《しんちょう》は、カケルとあまり変《か》わらない。

――**ちがう！**

いま、目《め》の前《まえ》にいるのは、丸円丘《まるまるおか》で見《み》た、腕《うで》が異様《いよう》に長《なが》い裸《はだか》の怪物《かいぶつ》じゃない！

「え……？　ど、どちらさま？」

「そいつはなんだ？　相原《あいはら》カケル」

カケルを追《お》いかけて教室《きょうしつ》から飛《と》びだしたヒナタとアユムも目《め》を丸《まる》くしていた。

冷静《れいせい》にこの場《ば》を見《み》つめていたのは、机《つくえ》の下《した》のアイポッドたちだけだった。

009 ウワサが生《う》んだ怪物《かいぶつ》

「君《きみ》たちが発見《はっけん》した異常存在《いじょうそんざい》は、SCP《エスシーピー》―540―JP《ジェイピー》―A《エー》。収容施設《しゅうようしせつ》の事故《じこ》で行方《ゆくえ》不明《ふめい》になっていたうちの1体《たい》だと判明《はんめい》したよ」

財団職員《ざいだんしょくいん》たちがなにかを計測《けいそく》する装置《そうち》で廊下《ろうか》や教室《きょうしつ》を黙々《もくもく》と調《しら》べている中《なか》。

ツルギはいつもの白《しろ》いワイシャツに黒《くろ》ネクタイの姿《すがた》でカケルたちに報告《ほうこく》した。

廊下《ろうか》でアイポッドたちといっしょに体育座《たいいくずわ》りをしているヒナタは、口《くち》から出《で》ているロリポップの棒《ぼう》を右《みぎ》に左《ひだり》にふっている。その目《め》は疲《つか》れきってどんよりしていた。

アユムはさすがというか、上官《じょうかん》であるツルギの前《まえ》で姿勢正《しせいただ》しく話《はなし》を聞《き》いている。

「あいつも布袋《ぬのぶくろ》をかぶってたぞ。顔《かお》を見《み》られたくないヤツがそんなにいるのか？」

カケルの純粋《じゅんすい》な疑問《ぎもん》に、ツルギはうすく笑《え》みをうかべ、否定《ひてい》した。

「あれは布袋《ぬのぶくろ》をかぶっているように見《み》えるけど、ああいう頭《あたま》なんだ」

「どういう生《い》き物《もの》なんだよ……っていうか、妙《みょう》に人間《にんげん》っぽかったな」

ツルギは目《め》をふせた。

「**ぽいんじゃなく、あれは人間《にんげん》なんだ**」

カケルは耳《みみ》をうたがった。アユムもヒナタも表情《ひょうじょう》が固《かた》まっている。

「別《べつ》の地域《ちいき》の小学校《しょうがっこう》に通《かよ》っていた、5年生《ねんせい》の男子児童《だんしじどう》でね。当時《とうじ》、その学校《がっこう》で流行《りゅうこう》していた**〈ンボボボさん〉**という都市伝説《としでんせつ》の影響《えいきょう》で、あんな姿《すがた》になってしまったんだ」

ンボボボ？　あの〝布袋《ぬのぶくろ》〟が発《はっ》していた声《こえ》もそんなふうに聞《き》こえたが……。

「〈ンボボボさん〉は学校《がっこう》に住《す》むオバケで、頭《あたま》に袋《ふくろ》をかぶり、素顔《すがお》はだれも見《み》たことがない。いつも、なにも書《か》かれていない本《ほん》を読《よ》んでいて、その本《ほん》にさわった人間《にんげん》は、新《あたら》しい〈ンボボボさん〉になってしまう、という都市伝説《としでんせつ》だ」

「くだらない。ありがちな怪談《かいだん》だ」

アユムはこの手《て》の話《はなし》が嫌《きら》いなようだ。

「この児童《じどう》も『ただの都市伝説《としでんせつ》だ』と言《い》って信《しん》じなかった。だがある日《ひ》、彼《かれ》は突然《とつぜん》、**クラスメイトたちの目《め》の前《まえ》で〈ンボボボさん〉の姿《すがた》になってしまった**」

「なっ……なんだ、その話《はなし》」

「なんかちょっと、〈ないないオバケ〉に似《に》てない……？」

学校《がっこう》に住《す》むオバケが、うわさを信《しん》じない子《こ》を自分《じぶん》と同《おな》じオバケの姿《すがた》にしてしまう。

たしかに似《に》ている気《き》がする。

「**『三人虎《さんにんとら》を成《な》す』**、という言葉《ことば》がある。アユム、説明《せつめい》できるかい？」

もちろん、という顔《かお》でアユムはうなずく。

「3人《にん》の人《ひと》が『トラが出《で》た』といえば、トラが出《で》なくても出《で》たことになる。つまり、**根拠《こんきょ》のないうわさも、たくさんの人《ひと》が言《い》えば真実《しんじつ》とされる**という言葉《ことば》です」

「さすがだね、アユム――つまり、そういうことだ。〈ンボボボさん〉という都市伝《としでん》説《せつ》を、たくさんの子《こ》どもたちが信《しん》じた。その信《しん》じる力《ちから》が現実《げんじつ》をゆがめ、いるはずのない〈ンボボボさん〉を、この世《よ》に生《う》みだしてしまった、ということなんだ」

信《しん》じれば夢《ゆめ》はかなう！　ならば、カケルも大好《だいす》きな言葉《ことば》だ。

でも、信《しん》じたらオバケが出《で》る……は、かなりイヤだ。

「あっ」

ヒナタが廊下《ろうか》の奥《おく》に視線《しせん》をむけている。

布袋《ぬのぶくろ》の頭《あたま》をした体操着姿《たいそうぎすがた》の男《おとこ》の子《こ》が、拘束具《こうそくぐ》グレイプニルで両手《りょうて》を縛《しば》られている。財団職員《ざいだんしょくいん》たちに連《つ》れていかれる時《とき》、男《おとこ》の子《こ》は階段《かいだん》の手前《てまえ》で立《た》ち止《ど》まり、顔《かお》のない顔《かお》をカケルたちにむけた。

目《め》も鼻《はな》も口《くち》も見《み》あたらないのに、少《すこ》しさびしそうな表情《ひょうじょう》に見《み》える。

「彼《かれ》は無害《むがい》な異常存在《いじょうそんざい》だ。脱走《だっそう》したのも、最後《さいご》の記憶《きおく》にある、自分《じぶん》の通《かよ》っていた学校《がっこう》を探《さが》そうとしていたのかもしれない。そんな意識《いしき》があるのかはわからないけどね」

アユムは布袋《ぬのぶくろ》の視線《しせん》から顔《かお》をそむけ、ツルギにたずねる。

「町《まち》で目撃《もくげき》されていたオバケは、彼《かれ》だったんですか？」

「かもしれない。でも、彼《かれ》じゃないかもしれない」

ツルギはユニバをタップし、ホログラムの画像《がぞう》をうかびあがらせる。

それはアユムの同級生《どうきゅうせい》が住宅地《じゅうたくち》で撮《と》った、不気味《ぶきみ》な影《かげ》の写《うつ》っている画像《がぞう》だ。

「この画像《がぞう》の解析結果《かいせきけっか》は、霧《きり》でゆがんで見《み》えた、ただのよっぱらいの影《かげ》だったよ」

ヒナタは「ズコーッ」とわざとらしくズッコケた。

「なあんだ。人《ひと》さわがせ」

「子《こ》どもたちのあいだで語《かた》られているオバケの目撃証言《もくげきしょうげん》も、調《しら》べてみると『〇〇から聞《き》いた』という話《はなし》ばかりで、たどっていくと本当《ほんとう》に目撃《もくげき》した人《ひと》は見《み》つからなかった」

「じゃあ俺《おれ》たち、うわさにふりまわされてたのか」

「すみません。もっと情報《じょうほう》を疑《うたが》うべきでした」

頭《あたま》をさげて深《ふか》く反省《はんせい》するアユムの肩《かた》に、ツルギはポンと手《て》を置《お》く。

「いや、よくやってくれた」

アユムは「え？」と顔《かお》をあげる。

「今回《こんかい》のオバケさわぎの影響《えいきょう》で、この第四小《だいよんしょう》の都市伝説《としでんせつ》も再《ふたた》びブームになったらしくてね。〈ないないオバケ〉——だっけ？」

小学生《しょうがくせい》のあいだで流行《はや》っている都市伝説《としでんせつ》まで知《し》っているなんて、さすが秘密組織《ひみつそしき》のエージェントだ。

それとも、知《し》らなかった現役小学生《げんえきしょうがくせい》の自分《じぶん》に問題《もんだい》があるのだろうか。

「そのオバケに会《あ》ってやるって、肝《きも》だめし目的《もくてき》でこの旧校舎《きゅうこうしゃ》に入《はい》ろうとする児童《じどう》もいたらしい。危《あぶ》ないからと先日《せんじつ》、旧校舎《きゅうこうしゃ》の昇降口《しょうこうぐち》や窓《まど》をふさいだんだそうだ」

どうりで、窓《まど》をふさいでいたトタン板《いた》が新《あたら》しいわけだ。

「今日《きょう》、確保《かくほ》できなければ、ＳＣＰ《エスシーピー》―５４０―ＪＰ《ジェイピー》―Ａ《エー》は閉《と》じこめられて本物《ほんもの》の〈ないないオバケ〉になるところだった。それを君《きみ》たちチームが救《すく》ったんだ」

アユムはほっとした表情《ひょうじょう》に、少《すこ》しうれしさをにじませた。

「さて、ここで大《おお》きな問題《もんだい》が残《のこ》ってしまった」

ツルギは近《ちか》くの財団職員《ざいだんしょくいん》に声《こえ》をかけ、それを受《う》け取《と》るとみんなに見《み》せた。

薄汚《うすよご》れた布袋《ぬのぶくろ》だ。ＳＣＰ《エスシーピー》財団《ざいだん》のマークが入《はい》っている。

「これは、叶町《かないちょう》の路上《ろじょう》に落《お》ちていた。付近《ふきん》の防犯《ぼうはん》カメラの映像《えいぞう》を確認《かくにん》すると、カラスがくわえて持《も》ってきていたよ」

「カラスにとられたのか！」

「あるいは、なんらかの理由《りゆう》でシャイガイから脱《ぬ》げた袋《ふくろ》を、たまたまカラスが持《も》ち去《さ》ったかだ。いずれにしても、危険《きけん》な状態《じょうたい》のシャイガイが野放《のばな》しになっている」

ツルギは窓《まど》から、白《しろ》くかすんだ町《まち》をながめる。

「この霧《きり》の中《なか》のどこかに、必《かなら》ずいるはずだ」

SCP-096

シャイガイ

SCP-540-JP-A

ンボボボさん

SCP-910-JP

シンボル

010 3人《にん》の夢《ゆめ》

203号室《ごうしつ》のドアにあるのぞき窓《ドアスコープ》に、カケルは自分《じぶん》のユニバをかざす。

『認証完了《にんしょうかんりょう》』とユニバの画面《がめん》に表示《ひょうじ》されるとカチッと音《おと》がし、ドアが自動《じどう》で開《ひら》く。

「くうっ、何度《なんど》やってもカッコイイな！」

「次《つぎ》はわたしにやらせてよね！」

ふたりの足《あし》のあいだをすりぬけ、アイポッドたちが競《きそ》いあうように中《なか》へ入《はい》っていく。

メインフロアのデスクでは、アユムがティーカップを片手《かたて》に本《ほん》を読《よ》んでいる。

「いつも早《はや》いな、アユム」

「君《きみ》たちがいつも遅《おそ》いんだ」

「ごめん、俺《おれ》が悪《わる》いんだ。いったん帰《かえ》ってごはん食《た》べないと腹《はら》がもたなくってさ」

「あれ、ツルギは？」

くわえロリポップで、キョロキョロしながらヒナタが聞《き》く。

「財団本部《ざいだんほんぶ》からの呼《よ》びだしで、さっき出《で》ていったよ。いそがしい人《ひと》なんだ」

奥《おく》に白衣姿《はくいすがた》の財団職員《ざいだんしょくいん》が３、４人《にん》いる。なにかを運《はこ》んだり、ファイルに記録《きろく》をしたりといそがしそうで、カケルたちにはチラリとも顔《かお》をむけない。

「ねえ、ずっと気《き》になってたんだけど」

ヒナタがヒソヒソ声《ごえ》で言《い》う。

「財団職員《ざいだんしょくいん》の人《ひと》たちって無口《むくち》よね。わたしたち、嫌《きら》われてたりしない？　小学生《しょうがくせい》なのに特別待遇《とくべつたいぐう》されてるから、とか」

カケルもちょっとだけ気《き》になっていた。

ツルギ以外《いがい》の財団職員《ざいだんしょくいん》とは一言《ひとこと》も言葉《ことば》をかわしたことがないからだ。

「僕《ぼく》も他《ほか》の職員《しょくいん》と話《はな》したことはないよ。でも、ムダな会話《かいわ》はしないっていうのが、正《ただ》しい秘密組織《ひみつそしき》のありかたなんじゃないかな。あの人《ひと》は、ツルギさんは特別《とくべつ》なのさ」

「あんまり秘密組織《ひみつそしき》の人《ひと》っぽくないよね。わたしたちとも対等《たいとう》に話《はな》してくれるし。まあでもそれは、わたしたちが特別《とくべつ》なスーパー小学生《しょうがくせい》だからなんだろうけど」

と、それまで調子《ちょうし》よくしゃべっていたヒナタの表情《ひょうじょう》がくもる。

「……ヒナタ、どうかしたのか？」

小《ちい》さいころからいっしょにいるからこそ、わかる表情《ひょうじょう》がある。

なにかの不安《ふあん》を抱《かか》えているみたいだ。それもわりと深刻《しんこく》な。

「昨日《きのう》ね、あのあと考《かんが》えちゃって。**〈ンボボさん〉になっちゃった男《おとこ》の子《こ》**のこと」

「ああ。いろんな意味《いみ》でおどろいたよな」

「わたしたちと同《おな》じ小《しょう》5でさ、ある日突然《ひとつぜん》、あんなことになっちゃったんでしょ。すごい話《はなし》だなぁって、他人事《ひとごと》っぽく聞《き》いてたけど……考《かんが》えてみたら、わたしたちの能力《のうりょく》だって、ある日突然《ひとつぜん》、使《つか》えるようになったものよね」

そう言《い》って広《ひろ》げた両手《りょうて》に視線《しせん》を落《お》とす。

「じゃあ、わたしたちも異常存在《いじょうそんざい》？　って、そう思《おも》ったの——大丈夫《だいじょうぶ》よね？　わたしたち、収容施設《しゅうようしせつ》に入《い》れられちゃったりとかしないよね？」

連《つ》れていかれる〈ンボボさん〉の姿《すがた》に、ヒナタは自分《じぶん》を重《かさ》ねたんだろう。

あの姿《すがた》は、とてもかわいそうに見《み》えた。

アユムは本《ほん》にしおりをはさんで閉《と》じる。

「そんなこと、ツルギさんがゆるすわけない」

「そうよね。ツルギはわたしたちの味方《みかた》だもんね」

ヒナタは両手《りょうて》をギュッとにぎる。

「わたしたちが力《ちから》を使《つか》えるようになった原因《げんいん》って、なんだろうね」

「俺《おれ》たち3人《にん》とも、同《おな》じ日《ひ》に使《つか》えるようになったんだよな」

「〈ンボボボさん〉は都市伝説《としでんせつ》がそもそもの原因《げんいん》みたいなものでしょ？　わたしたちにも、そういうものがあったのかなって、気《き》になってたのよね」

「僕《ぼく》が考《かんが》えているのは収容施設《しゅうようしせつ》の事故《じこ》さ。僕《ぼく》らが力《ちから》を得《え》た日《ひ》と同《おな》じ日《ひ》に起《お》きている」

「町《まち》に霧《きり》が出《で》はじめたのも同《おな》じ日《ひ》だよな」

アユムは深《ふか》くうなずいた。

「ツルギさんも霧《きり》のことが気《き》になっているらしい。シャイガイの件《けん》がすんだら、本格的《ほんかくてき》に調査《ちょうさ》すると言《い》っていた。僕《ぼく》もこの任務《ミッション》を終《お》えたら協力《きょうりょく》するつもりだ」

任務《ミッション》といえば、カケルにはもうひとつ気《き》になっていることがあった。

「話《はなし》は変《か》わるけどさ、**任務達成《ミッションたっせい》の報酬《ほうしゅう》**って、なにがもらえるんだ？」

「え？　お金《かね》じゃないの？」

「そうなのか？」

カケルとヒナタに視線《しせん》をふられ、アユムは「さあ」と首《くび》をかしげる。

「さあって。興味《きょうみ》ないの？」

「僕《ぼく》はSCP《エスシーピー》財団《ざいだん》に協力《きょうりょく》できていることで満足《まんぞく》している。報酬《ほうしゅう》なんて」

「とはいえよ。ごほうびはほしくない？　任務達成《ミッションたっせい》のごほうび」

「俺《おれ》もアユムと同《おな》じっていうか、報酬《ほうしゅう》とかなくても、この体験《たいけん》だけで十分《じゅうぶん》だな」

ヒナタは理解《りかい》できないという顔《かお》をする。

「だってさ、人類《じんるい》を危険《きけん》から守《まも》るなんて、ふつうそんなカッコイイ体験《たいけん》できないよ。

俺《おれ》、小《ちい》さいころはヒーローになるのが夢《ゆめ》だったしさ」

「知《し》ってる。わたし、よく怪人役《かいじんやく》やらされたし」

スポーツが好《す》きなのも、がんばればヒーローになれるからだ。

チームのため。仲間《なかま》のため。だれかのためにがんばれるヒーローに。

「わたしはゼッタイ、報酬《ほうしゅう》はお金《かね》。じゃなきゃムリ。だって、いろんな国《くに》に行《い》ったり、歌《うた》のレッスンに通《かよ》ったり、キラキラした服《ふく》を着《き》たり、自分《じぶん》みがきに使《つか》うんだもん」

「ヒナタは有名人《ゆうめいじん》になるのが夢《ゆめ》だもんな」

「そっ。なにをしてもみんなの注目《ちゅうもく》を集《あつ》めちゃう、そんな人《ひと》になるんだから！」

「……そういう、夢《ゆめ》？　みたいなのなら、僕《ぼく》にだってあるさ……」

ボソリと小声《こごえ》で言《い》うアユムに、ヒナタが興味津々《きょうみしんしん》の目《め》をズイッと近《ちか》づける。

「え？　なになに!?」

「……宇宙飛行士《うちゅうひこうし》」

蚊《か》の鳴《な》くような声《こえ》でボソリと言《い》った。

「おおおっ、いいなそれ！　なれる！　アユムならなれるよ、ぜったい！」

「カケル声《こえ》でかいっ」

めいわく顔《がお》でヒナタはヘッドホンを耳《みみ》に当《あ》てる。

少《すこ》しだけほおを赤《あか》らめながらアユムは語《かた》った。

「宇宙《うちゅう》には星《ほし》がたくさんあるけど、砂《すな》しかないとか、ずっと燃《も》えてるとか、生物《せいぶつ》が生《い》きられない星《ほし》が多《おお》いんだ。そんな宇宙《うちゅう》を知《し》れば知《し》るほど、地球《ちきゅう》は奇跡《きせき》みたいな星《ほし》なんだってよくわかる。この星《ほし》を守《まも》らなきゃって気持《きも》ちになるんだ」

メガネの奥《おく》の瞳《ひとみ》は、もう宇宙《うちゅう》を見《み》ているみたいに輝《かがや》いている。

「ＳＣＰ《エスシーピー》財団《ざいだん》では未知《みち》のものとたくさん出会《であ》う機会《きかい》がある。ここでの経験《けいけん》は、僕《ぼく》の夢《ゆめ》にも役立《やくだ》つと思《おも》う。宇宙《うちゅう》は未知《みち》の海《うみ》だからね」

クールに見《み》えて、アユムはだれよりも熱《あつ》い想《おも》いを持《も》っていたのだ。

地球《ちきゅう》を守《まも》るなんて、スケールが大《おお》きい。

彼《かれ》こそヒーローにふさわしいかもしれないな、とカケルは笑顔《えがお》になる。

「雑談《ざつだん》は以上《いじょう》だ」

アユムは表情《ひょうじょう》を任務《しごと》モードに切《き》りかえる。

「僕《ぼく》らは引《ひ》きつづき、シャイガイの追跡《ついせき》をすることになった。居場所《いばしょ》を特定《とくてい》し、市民《しみん》に被害《ひがい》がおよばないようにその地域《ちいき》を封鎖《ふうさ》。そして、可能《かのう》なかぎりの確保行動《かくほこうどう》をとる」

「まずはシャイガイに布袋《ぬのぶくろ》をかぶせるってことだよな。大《だい》ミッションだ」

「ムリ〜。わたしたちにはハードモードすぎるよー」

「そうかな。僕《ぼく》はこのチームならできると思《おも》っているけど」

ティーカップを口《くち》に運《はこ》びながら、アユムはサラッと言《い》った。

「なんだろ……アユムくんの口《くち》からそういう言葉《ことば》が出《で》ると、変《へん》な感《かん》じになるね」

ヒナタはぎこちない笑《え》みをうかべ、自分《じぶん》の髪《かみ》を指《ゆび》でクルクルする。

「意外《いがい》にバランスがいいチームかもしれないと、昨日《きのう》思《おも》ったんだ」

昨日《きのう》のどの時点《じてん》で思《おも》ったんだろうと、カケルは気《き》になる。

「さて。問題《もんだい》は居場所《いばしょ》の見当《けんとう》がまったくつかないことだ。シャイガイはこの町《まち》にいる。でも、あんな怪物《かいぶつ》がまったく人目《ひとめ》にふれず、さわぎになっていない。そんな場所《ばしょ》が、この町《まち》のどこにあるのか、僕《ぼく》には思《おも》いつかない」

カケルは小《ちい》さく手《て》をあげる。

「一《いっ》か所《しょ》、思《おも》いついた場所《ばしょ》があるんだ」

011 今度《こんど》こそ、シャイガイを確保《かくほ》せよ！

霧《きり》で白《しろ》くかすむ、丸円丘《まるまるおか》のアスレチック公園《こうえん》。

カケルは準備運動《じゅんびうんどう》をしていた。

「シャイガイが展望台《てんぼうだい》にいるなんて、よく思《おも》いついたわね」

切《き》り株《かぶ》の足場《ステップ》に座《すわ》るヒナタの足《あし》もとで、アイポッドたちがアリの行列《ぎょうれつ》を観察《かんさつ》している。

「たしかに、あの怪物《かいぶつ》が人目《ひとめ》にふれない場所《ばしょ》は、もうあそこしかない」

平均台《へいきんだい》に座《すわ》って本《ほん》を読《よ》んでいたアユムは、静《しず》かに本《ほん》を閉《と》じる。

「途中《とちゅう》の道《みち》にはあのシンボルがいて、僕《ぼく》らはその先《さき》へは行《い》けなかった。でも不死身《ふじみ》のシャイガイならシンボルの引《ひ》きおこす災害《さいがい》をやりすごし、先《さき》へ進《すす》むことができる。ヤツは、シンボルに守《まも》られているようなものだ。考《かんが》えたな、相原《あいはら》カケル」

スポーツ以外《いがい》でほめられることがあまりないカケルは、ちょっと照《て》れくさい。

「おそらく、シャイガイはシンボルから『**横風注意**《よこかぜちゅうい》』の妨害《ぼうがい》でも受《う》けたんだろう。その時《とき》に、布袋《ぬのぶくろ》が吹《ふ》き飛《と》んでしまったんだ」

「シンボルは顔《かお》を見《み》なかったのかしらね。まあ、標識《ひょうしき》に目《め》なんてないか」

「おっと、渡《わた》しておかないと」

アユムが放《ほう》り投《な》げたものを、カケルは肩《かた》をまわしながらパシッと受《う》け取《と》る。

ＳＣＰ《エスシーピー》財団《ざいだん》のマーク入《い》り布袋《ぬのぶくろ》だ。

「この作戦《さくせん》は君《きみ》のアクセレートにすべてかかっている。頼《たの》んだぞ」

その作戦《さくせん》とは――シンボルの妨害《ぼうがい》がはじまる前《まえ》にアクセレートで走《はし》りぬける。

展望台《てんぼうだい》へ着《つ》いたら、シャイガイの顔《かお》を直視《ちょくし》しないよう、目線《めせん》を下《した》に固定《こてい》しながら移《い》動《どう》。シャイガイの位置《いち》を確認《かくにん》する。

顔《かお》を見《み》さえしなければ、シャイガイは安全《あんぜん》モード状態《じょうたい》。

注意《ちゅうい》深《ぶか》く背後《はいご》に回《まわ》りこんで、頭《あたま》に布袋《ぬのぶくろ》をかぶせ、確保《かくほ》。

「いま、考《かんが》えつくかぎりでは、もっともシンプルかつ安全《あんぜん》な作戦《さくせん》だ。君《きみ》には負担《ふたん》をかけてしまうけれどね」

「大役《たいやく》だ。がんばるよ」

「名《な》づけて、カケルがんばれ作戦《さくせん》ね！」

「かっこわるっ！　そこはシャイガイ確保作戦《かくほさくせん》でいいだろ」

膝《ひざ》の屈伸《くっしん》をしながら、イタズラな笑《え》みをうかべるヒナタにツッコむ。

準備運動《じゅんびうんどう》を終《お》えると大《おお》きく深呼吸《しんこきゅう》し、クラウチングスタートの姿勢《しせい》をとる。

「ヒナタっ！　たのむ！」

「はーい！　そんじゃいくよ！　位置《いち》についてぇー！」

カケルは顔《かお》をあげ、走《はし》る先《さき》に目線《めせん》をむける。

「ヨーイ――――**ドンッ！**」

地面《じめん》を蹴《け》った。

カケルがんばれ作戦《さくせん》！　ではなく、
シャイガイ確保作戦《かくほさくせん》、開始《スタート》！

カケルは公園内《こうえんない》をグルグルと走《はし》る。

ここで加速《かそく》していかないと、シンボルのふさぐ道《みち》を一気《いっき》にかけぬけられない。

アイポッドたちの目《め》も、走《はし》るカケルを追《お》ってグルグルしている。

走《はし》れば走《はし》るほど加速《かそく》していく。

カケルの身体《からだ》はどんどん熱《あつ》くなる。

つむじ風《かぜ》が生《う》まれ、砂《すな》ぼこりと霧《きり》をまきあげる。

10周《しゅう》したところで公園《こうえん》を飛《と》びだし、展望台《てんぼうだい》へとつづく坂道《さかみち》をかけあがる。

「いっけーっ、カケル！　みんなぶっちぎっちゃえ！　……あれ？」

イエローのアイポッドが、ヒナタの足《あし》もとであわただしくクルクルと回《まわ》っている。

「ねぇポドちゃん、アイちゃんはど

こ?」

突風《とっぷう》のように走《はし》るカケルの視界《しかい》を、景色《けしき》が一瞬《いっしゅん》で後《うし》ろに流《なが》れていく。

数十《すうじゅう》メートル先《さき》の『**止《と》まれ**』と書《か》かれた赤《あか》い標識《ひょうしき》が目《め》に入《はい》る。

「悪《わる》いな、こうなったらすぐには止《と》まれないんだ」

クルクルクルッと、『**止《と》まれ**』が回転《かいてん》しはじめる。

「うおっ、前《まえ》より反応早《はんのうはや》くないか!?」

この前《まえ》はヒナタが標識《ひょうしき》の先《さき》へ行《い》こうとした瞬間《しゅんかん》に反応《はんのう》した。

ものすごいスピードで接近《せっきん》するカケルを迎《むか》え撃《う》つつもりで反応《はんのう》を早《はや》めたのだ。

回転《かいてん》する標識《ひょうしき》の色《いろ》が、赤《あか》から黄《き》に変《か》わったのがわかった。

黄《き》は危険《きけん》な標識《ひょうしき》だ。前《まえ》はクマが出《で》たり、津波《つなみ》が起《お》きたりした。

「**うおおおおおっ!**」

標識《ひょうしき》の回転《かいてん》が止《と》まる直前《ちょくぜん》、その真横《まよこ》を一瞬《いっしゅん》でかけぬける。

次《つぎ》の瞬間《しゅんかん》、背後《はいご》で**ドドドドドッ**と工事現場《こうじげんば》のような音《おと》が聞《き》こえてきた。

「あっぶねー」

ここからはもっと危《あぶ》ない。どこにシャイガイがいるかもわからない。

カケルは足《あし》にブレーキをかけて速度《そくど》を落《お》とす。

いきなり出《で》くわす可能性《かのうせい》もあるので目線《めせん》を下《した》にむけておく。

開《ひら》けた場所《ばしょ》に出《で》た。

丸円丘《まるまるおか》の頂上《ちょうじょう》だ。

絶景《ぜっけい》というほど高《たか》くはないけど、ここから見《み》える町並《まちな》みは悪《わる》くない。

ここに、三角屋根《さんかくやね》とベンチがあるだけの小《ちい》さな展望台《てんぼうだい》があるはずだ。

視線《しせん》を上《あ》げられないので確認《かくにん》はできないけど、小《ちい》さいころに来《き》た時《とき》の記憶《きおく》を頼《たよ》りに地面《じめん》を見《み》ながら進《すす》んでいく。

「どこにいるんだ？　シャイガイ」

まちがいなくここにいると思《おも》ったけど、いざ来《き》てみると本当《ほんとう》にいるのかなと少《すこ》し心《しん》配《ぱい》になってくる。それぐらい静《しず》かだった。

足《あし》を止《と》めた。

視界《しかい》の上《うえ》のほうに、理科室《りかしつ》にある骨格標本《こっかくひょうほん》のようなものが入《はい》ったからだ。
白《しろ》い肌色《はだいろ》の、ガリガリにやせた人《ひと》のような……。
――いる！
公園《こうえん》の草《くさ》むらの中《なか》で見《み》た姿《すがた》と同《おな》じだ。
5、6メートル前方《ぜんぽう》に、カケルのほうをむいて立《た》っている。
指先《ゆびさき》が地面《じめん》につくほど長《なが》い腕《うで》を、だらりと下《お》ろして。
完全《かんぜん》に化《ば》け物《もの》だ。
顔《かお》を見《み》なければおとなしいというのは本当《ほんとう》のようだ。
カケルを前《まえ》にしても、じっとして動《うご》かない。
見《み》られたくない顔《かお》とは、どんな顔《かお》なんだろう。
カケルは目線《めせん》をもっと下《さ》げる。
「見《み》ないでやるから、おとなしくしていてくれよ」
布袋《ぬのぶくろ》を出《だ》そうと、ズボンの後《うし》ろのポケットにそっと手《て》を近《ちか》づけた時《とき》だった。
『相原《あいはら》カケル』

ユニバからアユムの声《こえ》が聞《き》こえた。

「わっ、びっくりした！　急《きゅう》に声出《こえだ》すなって。どうした？」

『不測《ふそく》の事態《じたい》が起《お》きた』

「えっ？　どうした？」

『アイちゃんがいないの！　それでね、ポドちゃんが危《あぶ》ないって伝《つた》えてる！』

「アイちゃ……いや、それよりいま俺《おれ》、目《め》の前《まえ》にシャイガイがいるんだけど――」

カケルはハッとなる。

まさか。

後《うし》ろをふりむく。

草《くさ》むらの中《なか》から、オレンジのアイポッドがこっちを見《み》ている。

カケルのことを追《お》いかけてきてしまったのだ。


キャオオオオオオオオオオオオオオオオオッ!!

シャイガイの叫《さけ》び声《ごえ》がひびきわたる。

「かんべんしてくれよおおお―――！」

ダッシュで草《くさ》むらに飛《と》びこみ、アイポッドを抱《だ》きかかえると坂《さか》をかけおりる。

アイポッドは青《あお》い瞳《ひとみ》にカケルの焦《あせ》る顔《かお》を映《うつ》しこんでいた。

「おまえ、あいつの顔《かお》見《み》ちゃったのか！」

カケルに危険《きけん》を教《おし》えようとしたのか、ただ好奇心《こうきしん》でついてきてしまったのか。

たしかに、これは不測《ふそく》の事態《じたい》だ。

『カケル？　ちょっとどうなってるの？　アイちゃんいたの？』

「いたよ!!　シャイガイの顔《かお》をまともに見《み》ちまった!!」

『ああ、サイアク！』

アユムは言《い》っていた。シャイガイは顔《かお》を見《み》られても、すぐには追跡《ついせき》しない。1分《ぷん》から2分《ふん》、自分《じぶん》の顔《かお》を両手《りょうて》でおおって、泣《な》くような声《こえ》をあげる、と。

後方《こうほう》から聞《き》こえてくる、怒《いか》りと悲《かな》しみが入《い》りまじったような叫《さけ》び声《ごえ》。

あの声《こえ》が止《や》んだら、すぐに追《お》ってくるだろう。

『プランB《ビー》だ！　公園《こうえん》までこい！』

アユムが指示《しじ》を出《だ》してくれた。

プランB《ビー》は、シャイガイの顔《かお》を見《み》てしまった時《とき》のために立《た》てた第二《だいに》の作戦《さくせん》だ。

公園《こうえん》までシャイガイを誘導《ゆうどう》し、アスレチックコースの中《なか》を逃《に》げまわって、〈ネットトンネル〉という網《ネット》でできたトンネル遊具《ゆうぐ》に誘《さそ》いこむ。

理性《りせい》をうしなって暴《あば》れるシャイガイが網《ネット》に絡《から》まったところで、グレイプニルを使《つか》ってさらに動《うご》きを鈍《にぶ》らせる——。

『ちょっと待《ま》って。これ、みんなシャイガイの顔《かお》を見《み》ちゃうんじゃない？』

『問題《もんだい》ない』

『なんでよ！』

『イレーサーで、消《け》せばいい』

そうだ。顔《かお》を見《み》たという情報《じょうほう》を記憶《きおく》から消《け》してさえしまえば、シャイガイはおとなしくなる。

でも、そんなにうまくいくだろうか。

相手《あいて》は銃《じゅう》も戦車《せんしゃ》も効《き》かない怪物《かいぶつ》。網《ネット》なんて簡単《かんたん》に引《ひ》きちぎられそうだ。

シンボルが見《み》えてきた。

30メートルほど先《さき》で待《ま》ちかまえている。

アクセレートで一気《いっき》にかけぬけようと速度《そくど》を上《あ》げたが、シンボルはさっきよりもっと早《はや》く、変化行動《へんかこうどう》に入《はい》った。

赤《あか》い『**止《と》まれ**』の逆三角形《ぎゃくさんかくけい》が高速《こうそく》で回転《かいてん》し、黄色《きいろ》い菱形《ひしがた》へと変化《へんか》する。

距離《きょり》があって絵柄《えがら》が見《み》えないので、なんの標識《ひょうしき》になったかは確認《かくにん》できない。

すると。

カーンカーンカーンカーンカーン！

かん高《だか》い警報音《けいほうおん》が鳴《な》ったかと思《おも》うと、坂道《さかみち》の途中《とちゅう》に突然《とつぜん》、踏切《ふみきり》があらわれる。

線路《せんろ》も敷《し》かれ、遮断機《しゃだんき》もあり、赤《あか》いふたつのランプが点滅《てんめつ》している。

「シンボル《あいつ》が出《だ》したのか!?　なんでもありかよ!!」

足《あし》にブレーキをかける。

ズザザザザザッと地面《じめん》と靴《くつ》の底《そこ》がこすれる音《おと》がし、遮断機《しゃだんき》のバーの数《すう》センチ手前《てまえ》で止《と》まった、その次《つぎ》の瞬間《しゅんかん》。

ガタコン、ガタタン　ガタコン、ガタタン

一両編成《いちりょうへんせい》の電車《でんしゃ》が、ゆっくりと通過《つうか》していく。
電車《でんしゃ》の窓《まど》には、つり革《かわ》をにぎっている乗客《じょうきゃく》の姿《すがた》もある。

「まずいぞ、これはまずい」
シャイガイが泣《な》き叫《さけ》んでから、2分《ふん》はたったか？　まだ1分《ぷん》30秒《びょう》ぐらいか？
アクセレートのパワー補充《ほじゅう》の足踏《あしぶ》みランニングが、焦《あせ》りで速《はや》くなる。
シャイガイの叫《さけ》び声《ごえ》はまだ遠《とお》いが、こんな距離《きょり》、一瞬《いっしゅん》で追《お》いつかれるだろう。
オレンジのアイポッドは赤《あか》く点滅《てんめつ》する警報装置《けいほうそうち》に夢中《むちゅう》だ。
線路脇《せんろわき》に立《た》つ黄色《きいろ》の標識《ひょうしき》には、電車《でんしゃ》のシルエットが描《えが》かれている。
――どうだ。これなら通《とお》れないだろ？　イヒヒヒヒ。
意思《いし》があると聞《き》いたからか、顔《かお》のない標識《ひょうしき》に笑《わら》われている気《き》がした。
『カケル？　生《い》きてる⁉　アイちゃんは平気《へいき》⁉』
「いまのところはな。でもシンボルに踏切《ふみきり》を出《だ》されて足止《あしど》めを食《く》ってる」
『「**踏切《ふみきり》あり**」の標識《ひょうしき》か。人間《にんげん》をからかっているな』

「俺《おれ》、標識《ひょうしき》に遊《あそ》ばれてんのか？」

『シンボルは子《こ》どもっぽい性格《せいかく》らしい。ヤツからすれば遊《あそ》びなんだろうな』

「なら子《こ》どもらしい遊《あそ》びにしてくれよ。俺《おれ》の知《し》ってる電車《でんしゃ》ゴッコとちがうぞ！」

電車《でんしゃ》が通過《つうか》すると警報音《けいほうおん》が止《や》み、遮断機《しゃだんき》のバーがあがる。

走《はし》れ！　全力《ぜんりょく》で走《はし》れ！

「あれ？　なんだこれ……」

まったく前《まえ》に進《すす》まない。

標識《ひょうしき》を見《み》ると、赤《あか》い「×」の書《か》かれた円形《えんけい》に変《か》わっている。

『どうした⁉　どうなった⁉』

「あはは……『**通行止《つうこうどめ》**』」

カケルは標識《ひょうしき》に書《か》かれている文字《もじ》を読《よ》みあげた。

――まずい。

シャイガイの叫《さけ》び声《ごえ》が聞《き》こえなくなっている。

あと1分《ぷん》、いや、30秒後《びょうご》にはここに来《く》るだろう。

「ヒナタ、アユム。**俺《おれ》、ヤツの顔《かお》、見《み》るよ**」

『はあ!?　ちょっとカケル、なに言《い》ってんの!?』

「ひとりのほうが逃《に》げやすいからさ。アイポッド、ここに置《お》いてくな。俺《おれ》がシャイガイを引《ひ》きつけとくから、そのあいだ、ふたりでプランC《シー》を考《かんが》えてくれよ」

『やめろ！　早《はや》まるんじゃない！』

『バカー!!　しんじゃうよー!!』

「絶対《ぜったい》、町《まち》には行《い》かせないからさ」

カケルはアイポッドを足《あし》もとに置《お》くと、「ついてくんなよ」と頭《あたま》をなで、シンボルに背中《せなか》をむけて走《はし》る。

１００メートルほど前方《ぜんぽう》。

異様《いよう》に長《なが》い腕《うで》をふって、ものすごい速《はや》さで坂《さか》を走《はし》り下《くだ》ってくるものがある。

ガリガリにやせこけた裸《はだか》の怪物《かいぶつ》。

あれが、シャイガイ。

顔《かお》はまだよく見《み》えない。でもあっちはもう、見《み》られたと認識《にんしき》しただろう。

たがいに間隔《かんかく》を縮《ちぢ》め合《あ》い、その距離《きょり》は50メートル。20メートル。

そして、カケルはその顔《かお》を見《み》た。

髪《かみ》の毛《け》も眉毛《まゆげ》も髭《ひげ》もない、白《しろ》い肌《はだ》。

真《ま》っ白《しろ》な目《め》と、つぶれたように上《うえ》をむいた鼻《はな》。

いちばんの特徴《とくちょう》は、ラグビーボールを縦《たて》にして飲《の》みこめるくらい大《おお》きな口《くち》だ。

そんな口《くち》をめいっぱい開《ひら》いているから、顔《かお》は縦《たて》に長《なが》く見《み》える。

すごい顔《かお》だ。

でも、見《み》られたからって、相手《あいて》の命《いのち》をうばうほどの顔《かお》じゃない。

怪物《かいぶつ》の世界《せかい》の顔《かお》の基準《きじゅん》は知《し》らないけれども。

シャイガイは長《なが》い腕《うで》を前《まえ》に伸《の》ばし、つかみかかってきた。

すんでのところでかわし、スライディングでシャイガイの股下《またした》をすりぬける。

すぐに立《た》ちあがって走《はし》ると、シャイガイは方向転換《ほうこうてんかん》し、カケルを追《お》ってくる。

思《おも》った通《とお》りだ。ターゲットを自分《じぶん》に変《か》えた。

アイポッドがゆるされたわけではないだろうけど、シャイガイはいちばんそばにいる「顔《かお》を見《み》た相手《あいて》」を追《お》いかけるようだ。

「そうだ！　こっちにこい！　いっしょに走《はし》ろうぜ！」

カケルはアクセレート全開《ぜんかい》で坂道《さかみち》をかけあがる。

展望台《てんぼうだい》のある山頂《さんちょう》に着《つ》く。

シャイガイもすぐに追《お》いついてきた。

陸上《りくじょう》のトラックをまわるように、カケルは大《おお》きく円《えん》を描《えが》きながら走《はし》る。

しばらく、ここで追《お》いかけっこだ。

カケルとシャイガイの走《はし》りが、丸円丘《まるまるおか》の山頂《さんちょう》の空気《くうき》をかきまわす。

その円《えん》の中央《ちゅうおう》に小《ちい》さな竜巻《たつまき》ができて砂《すな》を巻《ま》きあげる。

はずかしがり屋《や》の怪物《かいぶつ》は両腕《りょううで》を前《まえ》に伸《の》ばし、カケルをつかまえようと必死《ひっし》だ。

でもアクセレートは一周《いっしゅう》ごとに加速《かそく》していくから、伸《の》ばした指先《ゆびさき》とカケルの背中《せなか》との間隔《かんかく》はどんどん開《ひら》いていく。

問題《もんだい》は体力《たいりょく》だ。アクセレートはカケルの肉体《にくたい》もスピードに耐《た》えられるようにしてくれたらしく、走《はし》ったあとの疲《つか》れはほとんど感《かん》じない。

ただ、限界《げんかい》はあるはずだ。

そこまで走《はし》ったことはないし、どれくらい走《はし》れるのかもわからない。

シャイガイはどうだろう。

地球《ちきゅう》の裏側《うらがわ》まで追《お》いかけるくらいだから、本物《ほんもの》の疲《つか》れ知《し》らずかもしれない。

『状況《じょうきょう》は？』

アユムがユニバから聞《き》いてきた。

「展望台《てんぼうだい》の近《ちか》くでグルグル鬼《おに》ごっこだ！　そっちは？」

『プランC《シー》を考《かんが》えついて、いまはアイポッドを回収《かいしゅう》にむかっているところだ』

「すげー！　もう次《つぎ》の作戦《さくせん》を考《かんが》えたのか。さすがアユムだな！」

『わたしもいっしょに考《かんが》えたよ！』

「げっ、心配《しんぱい》になってきた」

『なによ失礼《しつれい》ね！』

『手短《てみじか》に説明《せつめい》する。君《きみ》はいまからシャイガイをシンボルのところまで連《つ》れてくる。そして、そこでシンボルを怒《おこ》らせるんだ』

「？？　わるい。どういうことかまったくわからん」

『シャイガイとシンボルをぶつけるのさ』

見《み》えてないけど、たぶんアユムはいま、メガネをクイッとやった気《き》がする。

『財団《ざいだん》の報告書《ほうこくしょ》を読《よ》んで、過去《かこ》にシンボルを確保《かくほ》しようとして失敗《しっぱい》していたことがわかった。その時《とき》、銃《じゅう》で標識部分《ひょうしきぶぶん》を傷《きず》つけたら、シンボルがこれまでにないほど攻撃的《こうげきてき》になり、財団側《ざいだんがわ》に大《おお》きな被害《ひがい》が出《で》たそうだ』

「キレたんだな」

『子《こ》どもっぽい性格《せいかく》だからな。僕《ぼく》たちがシンボルの襲撃《しゅうげき》から助《たす》かったのは奇跡《きせき》じゃなく、相手《あいて》が本気《ほんき》じゃなかったからだ。ヤツにとってはただのイタズラだったのさ』

クマを呼《よ》ばれたり、落石《らくせき》を起《お》こされたりしたのにケガひとつしなかったのは、シンボルの悪《わる》ふざけで、最初《さいしょ》からケガをさせる気《き》がなかったからなのか。

『ちなみに、シンボルが銃《じゅう》で受《う》けた傷《きず》は、すぐに完全修復《かんぜんしゅうふく》したそうだ。無敵《むてき》だよ』

『不死身《ふじみ》のシャイガイと無敵《むてき》のシンボル！　いい勝負《しょうぶ》になりそうじゃない？』

うまくいけば、やりあってどっちもクタクタになる。

シャイガイに布袋《ぬのぶくろ》をかぶせるチャンスも生《う》まれそうだ。

「やってみる！　そっちにシャイガイが行《い》く。ふたりとも顔《かお》は見《み》るなよ！」

いままで走《はし》っていた周回《しゅうかい》コースをはずれ、シンボル方面《ほうめん》に走《はし》る。

その後《うし》ろからシャイガイもぴったりくっついてくる。

アクセレートでためたスピードは、カケルを一瞬《いっしゅん》で１００メートル先《さき》へと運《はこ》ぶほどになっていた。

これ以上《いじょう》は止《と》まれなくなるのでブレーキをかけはじめると。

「あれ？　なんだこれ、地面《じめん》が……」

シンボルまであと50メートルというところで、ブレーキが利《き》かなくなった。

雪《ゆき》が降《ふ》った翌日《よくじつ》みたいに、道《みち》がツルツルとすべって止《と》まれない。

このスピードで転《ころ》んだら危険《きけん》だ。

ドシャッ！　ズザアアアアッ！

後《うし》ろからすごい音《おと》がしたのでふり返《かえ》ると、シャイガイが地面《じめん》をいきおいよく転《ころ》がってくる。

足《あし》をすべらせて転《ころ》んだのだろう。

スピードがついているからか、地面《じめん》を跳《は》ねるように転《ころ》がり、首《くび》も腕《うで》も足《あし》もへんなほうにグニャッと曲《ま》がっている。

そんな状態《じょうたい》でも痛《いた》みはないのか、つかまえようと長《なが》い腕《うで》を前《まえ》に伸《の》ばし、絶対《ぜったい》にカケルから目《め》をはなそうとしなかった。

自分《じぶん》の顔《かお》を見《み》たものを絶対《ぜったい》に許《ゆる》さないという目《め》だ。

シンボルの立《た》つ地点《ちてん》までもうすぐだ。

だがこのままだと、なにかに激突《げきとつ》するまで止《と》まれない。

木《き》でも草《くさ》でも、なんでもいい。

つかまなければ。

シンボルの横《よこ》を通《つう》過《か》する、その瞬間《しゅんかん》。

必死《ひっし》に伸《の》ばしたカケルの手《て》は、シンボルの白《しろ》い支柱《しちゅう》をつかんだ。

ちぎれそうな勢《いきお》いで腕《うで》がピンッと伸《の》び、カケルは痛《いた》みに歯《は》をくいしばる。

なんとか止《と》まることができた。

カケルは標識《ひょうしき》を見《み》上《あ》げる。

黄《き》色《いろ》い菱形《ひしがた》に車《くるま》がウネウネと走《はし》る絵《え》がある。

道《みち》がすべるから注《ちゅう》意《い》しろという標識《ひょうしき》だろう。

カケルの能力《のうりょく》にとって最《さい》悪《あく》の標識《ひょうしき》だ。

坂《さか》を転《ころ》がり落《お》ちてきたシャイガイが、カケルとシンボルの横《よこ》を通《とお》りすぎ、そのまま近《ちか》くの木《き》に激突《げきとつ》した。

「ひゃああっ！」

その木《き》のそばにある草《くさ》むらから、かくれていたヒナタがピョコンと立《た》ちあがる。

その隣《となり》にはアユムがかがんでいて、ふたりともギュッと目《め》をつむっている。

ふたりのそばには、リボンで目《め》かくしをされたアイポッドたちがいて、危険《きけん》を察知《さっち》したのか右往左往《うおうさおう》しながら逃《に》げていった。

「うわっ」

つかんでいたシンボルの支柱《しちゅう》が、急《きゅう》にグニャッと曲《ま》がった。

いつのまにか『**止《と》まれ**』にもどっていたシンボルは、支柱《しちゅう》をヘビのようにグネグネと動《うご》かしだす。

「う、うおおっ、ちょ、ちょっと待《ま》てって！」

シンボルは自分《じぶん》の体《からだ》を大《おお》きくふりまわす。

支柱《しちゅう》をつかんだままのカケルも、ブルンブルンとふりまわされる。

手《て》をはなせば遠《とお》くに投《な》げ飛《と》ばされる。カケルは両手《りょうて》で必死《ひっし》に支柱《しちゅう》をつかんだ。

「カケル!?　大丈夫《だいじょうぶ》なの!?」

「どうした!?　状況《じょうきょう》を説明《せつめい》しろ！」

シンボルにぶんまわされているなんて説明《せつめい》しているヒマはない。

なぜなら、起《お》きあがったシャイガイが洞窟《どうくつ》の入《い》り口《ぐち》のような口《くち》をあけ、タオルのようにふりまわされているカケルをにらんだからだ。

「ここは危《あぶ》ない！　ふたりとも逃《に》げろ！」

アクセレートでためたスピードは、一度《いちど》、足《あし》を止《と》めればゼロにもどる。

いま、シャイガイとの追《お》いかけっこがはじまれば、すぐにつかまるだろう。

自分《じぶん》がやられたら、次《つぎ》はヒナタたちが危《あぶ》ない。

それからシャイガイは町《まち》へ行《い》って、もっと大暴《おおあば》れする。


キャアアアオオオオオオオオオオオオオオオオオオッ

長《なが》い腕《うで》をふりあげ、さけるほど口《くち》をあけて叫《さけ》んだシャイガイは、カケルをふりまわしているシンボルにむかって走《はし》りだした。

「だああっ！」

覚悟《かくご》を決《き》めて支柱《しちゅう》から手《て》をはなしたカケルは、ボールのように放《ほう》り投《な》げられる。

シャイガイのふりおろした腕《うで》は空《から》ぶりし、シンボルの標識部分《ひょうしきぶぶん》にあたる。

グワンッとにぶい音《おと》がし、標識《ひょうしき》が少《すこ》しだけへこんだ。

標識《ひょうしき》を傷《きず》つけられて怒《おこ》ったのか、シンボルは自分《じぶん》の体《からだ》をムチのようにはげしくふって、シャイガイを叩《たた》く。

金属《きんぞく》の板《いた》の標識《ひょうしき》で叩《たた》かれるのは、相当痛《そうとういた》そうだ。

地面《じめん》に投《な》げだされたカケルもかなり痛《いた》かったが、寝転《ねころ》がったまま両拳《りょうこぶし》をにぎってガッツポーズをする。

「いいぞ！　このままマジゲンカになってくれよ」

次《つぎ》のアクションのため、いまから走《はし》ってスピードをためなくてはならない。

なんとか身体《からだ》を起《お》こし、立《た》ちあがる。

ブギュキャアアアアヒイイアアアアアギュアアアアアアッ！

両手《りょうて》で頭《あたま》を守《まも》りながら、シャイガイはシンボルではなくカケルに顔《かお》をむける。

「相原《あいはら》カケル！　状況《じょうきょう》を伝《つた》えろ！」

「だめだ！　シャイガイはシンボルを相手《あいて》にしていない！　俺《おれ》をヤル気《き》まんまんだ！　それにシンボルの攻撃《こうげき》はヤツにそれほど効《き》いてないみたいだ！」

「もっと、シンボルを怒《おこ》らせないとだめなんだ」

「どうすりゃいい！　シャイガイが殴《なぐ》ったってちょっとへこんだだけだぞ」

「それくらいじゃだめだ。すぐに修復《しゅうふく》する。穴《あな》をあけてやるぐらいしないと。くっ、銃《じゅう》でもあれば！」

　アユムはくやしそうに、こぶしで地面《じめん》をなぐる。

「プランD《ディー》イイイイイッ！」

　突然《とつぜん》、ヒナタがバンザイするみたいに両手《りょうて》をあげて叫《さけ》んだ。

「おおおっ、次《つぎ》のプランがあるのか!?　早《はや》く教《おし》えてくれ！」

「そんなものない」

　アユムは即《そく》、否定《ひてい》する。

　シャイガイはシンボルの攻撃《こうげき》を受《う》けながらも、じりじりとカケルに近《ちか》づいてくる。

「カケル！　ちゃんとわたしを助《たす》けなさいよ！」

そう叫《さけ》んでヒナタは、目《め》を開《あ》けた。

「シャイガイの顔《かお》、見《み》ぃーちゃった！」

シャイガイは、ゆっくりとヒナタに顔《かお》をむけた。

ヒナタの表情《ひょうじょう》がこおりつく。

「み、見《み》いちゃ……った……かな……見《み》てない、か、も……」

キィヤアアアアアアアアアアアアアアアアアアアアアッ

両手《りょうて》で顔《かお》をおおったシャイガイは、アゴが地面《じめん》につくほど口《くち》を開《ひら》いて叫《さけ》んだ。

「なにしてんだよ！　これじゃ追《お》いつかれるぞ！」

「いいからいまは走《はし》ってスピードをためて！」

シャイガイが叫《さけ》んでいるあいだ、カケルはヒナタを背負《せお》って走《はし》りはじめた。

遊歩道《ゆうほどう》をはずれ、木《き》がまばらに生《は》える林《はやし》の中《なか》を通《とお》って公園方面《こうえんほうめん》にむかっている。

ヒナタが重《おも》いとかよりも、自分《じぶん》のフォームで走《はし》れないことが痛《いた》い。

「俺《おれ》を溶《と》かさないでくれよな」

「わかってるって」

ヒナタの感情《かんじょう》がたかぶることで発動《はつどう》するキャンディ。シャイガイの顔《かお》を見《み》たことで、その力《ちから》は最大《さいだい》レベルで発動《はつどう》されていた。

ヒナタは両手《りょうて》がふれないようにカケルの身体《からだ》に腕《うで》をからめ、しがみついている。

「わわわわわ、来《き》てる、来《き》てるっ、もっと速《はや》く走《はし》れないの!?」

「こわいなら後《うし》ろ見《み》るなよ！」

「見《み》たくなんかないわよ！　でももっとキャンディの力《ちから》をためないと！」

日《ひ》が暮《く》れてきて、霧《きり》で白《しろ》くかすんだ林《はやし》はうす暗《ぐら》い。

10メートル後《うし》ろから追《お》ってくる白《しろ》い怪物《かいぶつ》の姿《すがた》は骸骨《がいこつ》の幽霊《ゆうれい》みたいだ。

『ふたりとも、なにをしている？　どこにいるんだ？　大丈夫《だいじょうぶ》なのか？　状況《じょうきょう》は？』

ユニバからアユムの質問攻《しつもんぜ》めだ。

「それじゃそろそろ、わたし考案《こうあん》のプランD《ディー》について話《はな》すよ。カケルもアユムくんも、よく聞《き》いてね。**嶋《しま》ヒナタ、命《いのち》がけの作戦《さくせん》を！**」

ヒナタ考案《こうあん》のプランD《ディー》とは——。

シャイガイをギリギリまでシンボルに近《ちか》づける。

どうにかして、キャンディでシンボルの標識《ひょうしき》を溶《と》かし、マジギレさせる。

激怒《げきど》したシンボルの起《お》こす災害《さいがい》にシャイガイを巻《ま》きこむ。

運《うん》よくグレイプニルで動《うご》きを封《ふう》じられたら、アユムがシャイガイから「顔《かお》を見《み》られた」という記憶《きおく》を消《け》す。

最後《さいご》は布袋《ぬのぶくろ》をかぶせて、めでたく確保《かくほ》——という作戦《さくせん》だ。

『「どうにかして」のところと、運《うん》まかせのところが、ひどく不安《ふあん》な作戦《さくせん》だな』

「でもどう？　キャンディなら、無敵《むてき》のシンボルに傷《きず》つけられると思《おも》わない？」

『それは、いけそうな気《き》がするな』

「そっか。だから、シャイガイの顔《かお》を見《み》て、キャンディの力《ちから》を高《たか》めてたのか。ヒナタ、やるなあ」

「でしょ～？　いまならダイヤモンドも溶《と》かせるかもよ」

丸円丘《まるまるおか》を、ふたつの突風《とっぷう》が吹《ふ》く。

ひとつはヒナタを背負《せお》ったカケル。

もうひとつはふたりを追《お》うシャイガイだ。

風《かぜ》はアスレチック公園《こうえん》を何周《なんしゅう》かしてスピードを育《そだ》てると、シンボルのほうへむかって遊歩道《ゆうほどう》を一気《いっき》にふきぬける。

「いっけ――――!!　カケル号《ごう》!!」

標識《ひょうしき》を回転《かいてん》させるシンボルの姿《すがた》が見《み》えてきた。

背後《はいご》のシャイガイとの距離《きょり》は約《やく》１００メートル。

そろそろだ。

カケルは前傾姿勢《ぜんけいしせい》をとり、さらに加速《かそく》する。

「ほんとにいいのか？　ヒナタ！」

「思《おも》いっきりいって！」

シンボルの５メートル手前《てまえ》で、カケルは急《きゅう》ブレーキをかけた。

その反動《はんどう》で、ヒナタはカケルの背中《せなか》からロケットのように発射《はっしゃ》された。

「き、きゃああああああああああああああああっ!!」

空《そら》に、山《やま》に、ヒナタの悲鳴《ひめい》がこだまする。

シンボルは黄色《きいろ》い菱形《ひしがた》に『**！**』と書《か》かれた標識《かお》を上《うえ》にむけ、悲鳴《ひめい》をあげながら自分《じぶん》にむかって飛《と》んでくる少女《しょうじょ》を見上《みあ》げた。

その標識《かお》の上《うえ》に……**バンッ!!**

カエルみたいなポーズで着地《ちゃくち》するヒナタ。

「ご、ごめんね！　ちょっと痛《いた》いかも」

着地時《ちゃくちじ》に標識《ひょうしき》に当《あ》てた両手《りょうて》を、そのままグッと押《お》しこむ。

グニャッとへこんだかと思《おも》うと、勢《いきお》いよくヒナタの腕《うで》が標識《ひょうしき》をつらぬいた。

「キャアッ！」

シンボルははげしく暴《あば》れだした。

ふりおとされたヒナタを、すべりこんできたカケルがキャッチする。

シンボルは標識《ひょうしき》を回転《かいてん》させると『**落石注意**《らくせきちゅうい》』に変化《へんか》した。

ヒナタのあけた穴《あな》は完全《かんぜん》に修復《しゅうふく》されていた。

「そんなぁ、せっかくこわい思《おも》いしてがんばったのに……」

「でも見《み》ろよ。かなり怒《おこ》ってんじゃないか？」

黄色《きいろ》かったはずの『**落石注意**《らくせきちゅうい》』の看板《かんばん》が赤色《あかいろ》になっている。

「ほんとね！　キレてバグっちゃったとか⁉」

「じゃあ、あとはヤツか！」

カケルが視線《しせん》をむけた方向《ほうこう》から、シャイガイが走《はし》ってむかってくる。

タイミングは悪《わる》くない。

あと50メートル。

40メートル。30メートル。20メートル――。

まだ、落石《らくせき》が起《お》きない。

だめだ！　間《ま》に合《あ》わない！

10メートル。

5メートル。

あきらめかけた、その時《とき》。

ドンッ

地響《じひび》きとともに、視界《しかい》から一瞬《いっしゅん》でシャイガイの姿《すがた》が消《き》えた。

代《か》わりに、目《め》の前《まえ》には大型《おおがた》トラックよりも大《おお》きな岩《いわ》があった。

シャイガイは、その岩《いわ》の下敷《したじ》きになっていた。

バラバラバラッ　バラバラバラバラッ

ゴンッ　ガンッ、ゴッ　ドンッ

空《そら》から大量《たいりょう》の小石《こいし》や大岩《おおいわ》が降《ふ》ってくる。

「**キャアッ！**」

「**うわっ！**」

かくれる場所《ばしょ》もなければ、身体《からだ》を守《まも》るものもない。

逃《に》げまどうカケルとヒナタの目《め》の前《まえ》を、大岩《おおいわ》がごろごろ転《ころ》がっていく。

こんなものがまともに当《あ》たればぺしゃんこだ。

シャイガイはといえば、さすが不死身《ふじみ》の怪物《かいぶつ》。まったくダメージはないようだ。

それどころか身体《からだ》を大《おお》きくゆさぶって、どうにか岩《いわ》をどかそうとしている。

戦車《せんしゃ》も効《き》かない怪物《かいぶつ》というのは本当《ほんとう》なのだ。

だがそれでも、容赦《ようしゃ》なく降《ふ》る大量《たいりょう》の大岩《おおいわ》が身体《からだ》の上《うえ》に積《つ》み重《かさ》なっていくと、さすがのシャイガイも動《うご》きを封《ふう》じられていった。

降《ふ》りそそぐ石《いし》の中《なか》、オレンジのアイポッドをかかえたアユムが走《はし》ってくる。

「ふたりとも準備《じゅんび》しろ！　すぐはじめるぞ！」

大量《たいりょう》の岩《いわ》の下敷《したじ》きになって顔《かお》だけが出《で》ているシャイガイのそばに、カケルとヒナタが座《すわ》りこむ。

はじめて目《め》にするシャイガイに表情《ひょうじょう》をかたくしつつ、アユムは左手《ひだりて》でその顔《かお》にふれ、右手《みぎて》でヒナタの肩《かた》にふれる。

イレーサーで、シャイガイから「ヒナタに顔《かお》を見《み》られた記憶《きおく》」を消《け》しているのだ。

その手《て》はガクガクとふるえていた。

「まったく、なんてひどいプランだ」

丸円丘《まるまるおか》のあちこちで、白衣《はくい》の人《ひと》たちがいそがしそうに動《うご》いている。

SCP《エスシーピー》財団《ざいだん》の職員《しょくいん》たちだ。

公園《こうえん》の入口前《いりぐちまえ》に「〇〇水産《すいさん》」と書《か》かれたコンテナを積《つ》んだ大型《おおがた》トラックがある。

長《なが》い両腕《りょううで》をグレイプニルで拘束《こうそく》され、布袋《ぬのぶくろ》をかぶせられたシャイガイは、抵《てい》抗《こう》することもなくそのコンテナの中《なか》へと入《い》れられていた。

そんなシャイガイの姿《すがた》を見《み》ながら、カケルは聞《き》いた。

「シャイガイはどこへ行《い》くんだ？」

「財団《ざいだん》の収容《しゅうよう》施設《しせつ》にもどされる。水産《すいさん》

会社《がいしゃ》でカンヅメにされるわけじゃない。あれはダミー会社《かいしゃ》のトラックだ」

ツルギだった。

いつもの白《しろ》いワイシャツと黒《くろ》ネクタイの姿《すがた》で、白衣《はくい》の人《ひと》たちに指示《しじ》を出《だ》していた。

「初任務《はつミッション》の達成《たっせい》、おめでとう。本当《ほんとう》によくやってくれたな、みんな」

「まあ、わたしのプランD《ディー》と命《いのち》がけの行動《こうどう》があっての成功《せいこう》よね」

そんな彼女《かのじょ》をたたえるように、アイポッドたちがまわりをくるくると走《はし》っている。

「冗談《じょうだん》じゃないぞ、嶋《しま》ヒナタ」

聞《き》き捨《す》てならないといった顔《かお》でアユムが物申《ものもう》した。

「あれはプランでもなんでもない。いきあたりばったりっていうんだ。僕《ぼく》らの中《なか》のだれが命《いのち》をうしなってもふしぎじゃなかった。僕《ぼく》は落石《らくせき》の雨《あめ》の中《なか》を走《はし》らされたんだぞ」

「でも来《き》てくれたじゃない」

アユムはメガネをクイッと直《なお》した。

「それは、任務《しごと》だからさ」

そんなふたりを見《み》ているツルギは、なんだかとても愉快《ゆかい》そうだ。

SCP-096

シャイガイ

SCP-540-JP-A

ンボボボさん

SCP-910-JP

シンボル

「いいチームになったじゃないか」と言《い》って笑《え》みをうかべている。

たしかにツルギは、無表情《むひょうじょう》で黙々《もくもく》と仕事《しごと》をしている他《ほか》の職員《しょくいん》とはちがう。

「そういえば、シンボルはどうするの？　やっぱり収容施設《しゅうようしせつ》に入《い》れられるの？」

ツルギは肩《かた》をすくめた。

「いや、あれの確保《かくほ》は無理《むり》だ。近《ちか》づこうとするだけで妨害《ぼうがい》されるし、地面《じめん》から引《ひ》きぬこうとしたら高電圧《こうでんあつ》とかレーザーとか、物騒《ぶっそう》な標識《ひょうしき》に変化《へんか》した。本気《ほんき》で怒《おこ》らせたら、この町《まち》でとんでもないバイオハザードを起《お》こしかねない」

あれは反則《はんそく》だ。

もしかしたら、最強《さいきょう》の異常存在《いじょうそんざい》なんじゃないだろうか。

「そういうわけだから、丸円丘《まるまるおか》の封鎖《ふうさ》はこのまま継続《けいぞく》し、近《ちか》いうちに展望台《てんぼうだい》のそばに財団《ざいだん》の施設《しせつ》を作《つく》って、シンボルを監視《かんし》していくことになったよ」

「そうか。わりと走《はし》るのにいい場所《ばしょ》だなって思《おも》ってきたから、ちょっと残念《ざんねん》だな」

「わたしは二度《にど》とこない。絶対《ぜったい》うらまれてるもん……」

「おっとしまった」

ツルギが額《ひたい》をペチンと叩《たた》く。

「**大切《たいせつ》なもの**を忘《わす》れてきた。ちょっと取《と》りに行《い》ってくるから、みんな、ここで待《ま》っていてもらっていいかな」

そう言《い》ってツルギはいそいそと公園《こうえん》を出《で》ていった。

「なんだ？　大切《たいせつ》なものって」

「わたし、わかった。ア、アレよ、ア、アレ」

ヒナタは口《くち》に手《て》を当《あ》ててウフフフと笑《わら》う。

その横《よこ》でアユムはアゴに手《て》を当《あ》て、むずかしい顔《かお》をしている。

「アユム、どうかしたのか？」

「ああ、いや、少《すこ》し気《き》になっていることがあってね」

「わかるわかる、気《き》になるわよねぇ、わたしもずーっと気《き》になってるもん」

アユムは「ん？」という顔《かお》をしたが、話《はなし》をつづける。

「僕《ぼく》が気《き》になっているのはシンボルのことさ。なぜ、この町《まち》にいるのかってね」

「ん？　そりゃ、シャイガイみたいに施設《しせつ》から逃《に》げだしてきたからだろ？」

「いや。シンボルは施設《しせつ》から脱走《だっそう》したわけじゃない」

「え、そうなの？」

むずかしい顔《かお》のまま、アユムはうなずいた。

「そもそも、収容《しゅうよう》されていないんだ。シンボルは数年前《すうねんまえ》に別《べつ》の地域《ちいき》で発見《はっけん》された異常《いじょう》存在《そんざい》で、当時《とうじ》も回収《かいしゅう》はできず、いまもその土地《とち》で監視《かんし》がつづいているはずなんだ」

「あ、じゃあ、そのシンボルが俺《おれ》たちの町《まち》に引《ひ》っこしてきたってことか？」

アユムはメガネをクイッと直《なお》す。

「それか、この町《まち》で2体目《たいめ》のシンボルが生《う》まれたかだ」

「わたしたちの町《まち》で？」

「異常存在《いじょうそんざい》なんて、そんな簡単《かんたん》に生《う》まれるものなのか？」

「わからない。わからないことがありすぎる……」

アユムは考《かんが》えこんでしまった。

「待《ま》たせたね」

ツルギがもどってきた。

なんだろう。白《しろ》いボックスをかかえている。

「これは、**今回《こんかい》の任務《ミッション》の報酬《ほうしゅう》だ**」

ヒナタの表情《ひょうじょう》がパアッと明《あか》るくなった。

「大切《たいせつ》なものって、やっぱりそうよね！　だと思《おも》ってたの！」

ものすごいテンションだ。たぶんいま、キャンディが発動《はつどう》しているはず。

ツルギはボックスを足《あし》もとに置《お》くとフタを開《あ》けた。

「この中《なか》に3人《にん》ぶん入《はい》っている。持《も》っていってくれ」

「ふりこみじゃなくて手渡《てわた》しなのね！　**それじゃ、お先《さき》に♪**」

ボックスの中《なか》をのぞきこんだヒナタの顔《かお》が、笑顔《えがお》のまま固《かた》まる。

のぞきこんだままピクリとも動《うご》かない。

そんな彼女《かのじょ》を心配《しんぱい》してか、アイポッドたちはちょこちょこ顔《かお》を見上《みあ》げては、頭《あたま》の先《せん》端《たん》で足《あし》をつついたりしている。

どうしたんだろうとカケルも隣《となり》に行《い》ってボックスの中《なか》を見《み》る。

ボックスの中《なか》には3本《ぼん》の缶《かん》ジュースが入《はい》っている。

1本《ぽん》、手《て》に取《と》ってみた。

黒《くろ》いラベルに爪《つめ》でひっかいたような緑《みどり》の3本線《ぼんせん》があり、その下《した》にアルファベットで『MOONSTAR ENERGY《ムーンスター エナジー》』と商品名《しょうひんめい》が表記《ひょうき》されている。

どこかで見《み》たようなデザインと商品名《しょうひんめい》だが、まったく知《し》らないジュースだ。よく冷《ひ》えている。

「あの、これはなんですか？」

ヒナタはおみくじで大凶《だいきょう》をひいたような声《こえ》で、ツルギにたずねた。

「今回《こんかい》の報酬《ほうしゅう》だ。疲労回復《ひろうかいふく》に効果《こうか》のあるエナジードリンクだよ。初任務《はつミッション》だから疲《つか》れていると思《おも》ってね」

ツルギの笑顔《えがお》とは対照的《たいしょうてき》に、ヒナタの表情《ひょうじょう》は完全《かんぜん》な「無《む》」だった。

「好《す》きな時《とき》に飲《の》んでもいいけど、できれば夜《よる》、ひと気《け》のない屋外《おくがい》で飲《の》んでみてほしい。疲《つか》れが一気《いっき》に吹《ふ》っ飛《と》ぶと思《おも》うよ」

ツルギにそう言《い》われたので、その晩《ばん》、カケルは夜中《よなか》にこっそり自宅《じたく》の庭《にわ》に出《で》ると、パキュッとプルタブを開《あ》け、『MOONSTAR ENERGY《ムーンスターエナジー》』をグイッと飲《の》んだ。

「**！？　……んま！**　うわ、めちゃくちゃうまいエナジードリンクだな！」

飲《の》みながら夜空《よぞら》を見《み》る。

霧《きり》でかすんだ星明《ほしあ》かりはぼんやりとしていて、それはそれできれいだった。

「星《ほし》を見《み》ながら飲《の》むって最高《さいこう》なんだなあ。——うん。いい報酬《ほうしゅう》だ。ヒナタはツルギのことを呪《のろ》ってたけど」

喉《のど》がかわいていたこともあって、すぐに飲《の》みほしてしまった。

「さて、明日《あした》も学校《がっこう》だし、寝《ね》るかあ」

腕《うで》を上《あ》げて大《おお》きく伸《の》びをした。

「お？　……なんだ、これ」

腕《うで》が変《へん》だ。

いや、腕《うで》じゃない。

腕《うで》があるはずのところに平《ひら》たい板《いた》がある。

これが自分《じぶん》の腕《うで》？　でも手《て》のひらがない。指《ゆび》がない。

足《あし》も、どうなっているんだろう。

右脚《みぎあし》と左脚《ひだりあし》がぴったりくっついて、金属《きんぞく》のようにテカテカしている。

「ロ、ロボットになったのか、俺《おれ》？　いや、ちがうな。これって――」

シュワッ！

足《あし》もとで炭酸《たんさん》が弾《はじ》けるような音《おと》がした、次《つぎ》の瞬間《しゅんかん》。

カケルの両足《りょうあし》は地面《じめん》から離《はな》れ、身体《からだ》が急《きゅう》浮《ふ》上《じょう》した。

「うわあああ――っ!?　えっ？　えええ!?　おおおお!?」

身体《からだ》が空《そら》に吸《す》いこまれるように上昇《じょうしょう》していく。

下《した》を見《み》ると、自分《じぶん》の家《いえ》の屋根《やね》がどんどん小《ちい》さくなっていく。

自分《じぶん》の住《す》む町《まち》も目《め》の中《なか》におさまるくらい小《ちい》さくなる。窓明《まどあ》かり、店《みせ》のネオン、車《くるま》のライトといった町《まち》の光《ひかり》を包《つつ》みこんだ霧《きり》は、カラフルなモヤに見《み》えた。

霧《きり》の夜景《やけい》が遠《とお》くなると、カケルは雲《くも》をぬけて、高度《こうど》3000メートルの空《そら》に到達《とうたつ》した。

左手《ひだりて》は左翼《さよく》、右手《みぎて》は右翼《うよく》。鼻《はな》のあたりでプロペラが回《まわ》っている。

カケルは、飛行機《ひこうき》になっていた。

くわしくないので、これが実在《じつざい》する飛行機《ひこうき》なのかはわからない。

機体《きたい》のカラーは赤《あか》と黒《くろ》と白《しろ》。いつも着《き》ている服《ふく》と同《おな》じ色《いろ》だ。

「あのエナジードリンクの効果《こうか》なのか？」

そんなふうに声《こえ》に出《だ》したつもりだけれど、声《こえ》になっていたかどうか。さっきからプロペラの音《おと》しか聞《き》こえない。

町《まち》の明《あ》かりが遠《とお》くなったかわりに、星《ほし》の光《ひかり》がとても近《ちか》い。

あたりまえだけれど、霧《きり》がないほうが星《ほし》はきれいだ。いきいきしている。

この紺色《こんいろ》の宇宙《そら》にある無数《むすう》の光《ひかり》の一《ひと》つひとつに、自分《じぶん》の知《し》らないことがたくさんつまっているのだと思《おも》うと、なんだか胸《むね》が熱《あつ》くなる。

いまごろ、アユムも飛《と》んでいるだろう。

きっと宇宙飛行士《うちゅうひこうし》になった想像《そうぞう》でもしながら、同《おな》じ星《ほし》を見《み》ている。

心配《しんぱい》なのはヒナタだ。

悲鳴《ひめい》をあげながら、涙《なみだ》の雨《あめ》を降《ふ》らせているかもしれない。

「高《たか》いところ、ほんとダメだからなぁ」

星空《ほしぞら》の飛行《ひこう》は20分《ぷん》ほどで終《お》わり、気《き》づいたら家《いえ》の庭《にわ》に立《た》っていた。

爽快《そうかい》な気分《きぶん》だ。すっかり疲《つか》れもなくなっていた。

エナジードリンクとしての効果《こうか》もバッチリだったようだ。


「やっぱ納得《なっとく》いかない……」

朝《あさ》からヒナタは不機嫌《ふきげん》だった。

口《くち》を開《ひら》けばツルギやSCP《エスシーピー》財団《ざいだん》へのうらみ言《ごと》が止《と》まらない。

怒《いか》りにまかせて教室《きょうしつ》の中《なか》で機密事項《きみつじこう》をバンバン口《くち》にするので、カケルはあわてて口《くち》をふさいで廊下《ろうか》へ連《つ》れだし、彼女《かのじょ》のグチを聞《き》いた。

「報酬《ほうしゅう》がエナドリ1本《ぽん》だって知《し》ってれば、命《いのち》がけでがんばらなかったし！　わたし、ほしいものリストまで作《つく》っちゃったのよ？　その夢《ゆめ》を返《かえ》してほしいよ。財団《ざいだん》って、財《ざい》があるから財団《ざいだん》なんじゃないの？　財《ざい》がないならただの団《だん》じゃない」

本当《ほんとう》に頭《あたま》にきているみたいだ。言《い》っていることもちょっとおかしい。

「ところでヒナタはあれ、飲《の》んだのか？」

「飲《の》んだけど？」

だからなに？　という顔《かお》だ。

「それ、わたしに感想《かんそう》求《もと》めてる？　最悪《さいあく》でございましたわよ。高《たか》いところが大《だい》っ嫌《きら》いなのに、これってなんの仕打《しう》ちって泣《な》いたわよ。泣《な》きながら、はやく下《お》ろしてってって叫《さけ》んだわよ。ずっと目《め》をつむってたから、星《ほし》もなんにも見《み》てないし」

火《ひ》に油《あぶら》の質問《しつもん》だったようだ。

彼女《かのじょ》の手《て》はキャンディを大発動《だいはつどう》しているだろう。

「君《きみ》たち」

メガネをクイッと直《なお》しながら歩《ある》いてくる。

「おっ、おはよ、アユム」

「おはよう、アユムくん」

「おはよう」

いいところでアユムが来《き》てくれた。

ヒナタの怒《いか》りの消火《しょうか》を手伝《てつだ》ってもらおう。

「君《きみ》たちに見《み》てほしいものがあるんだ」

「なんだ、またオバケでも撮《と》られたのか？」

「そんなことならどれだけよかったか」

アユムはそう言《い》ってユニバでホログラム画像《がぞう》を表示《ひょうじ》させる。

それは夜空《よぞら》を飛《と》ぶピンク色《いろ》の発光体《はっこうたい》を撮影《さつえい》したものだ。

「昨日《きのう》の夜《よる》10時半《じはん》ごろ、四丁目《よんちょうめ》の上空《じょうくう》を飛《と》んでいるのを撮影《さつえい》されたものだ」

「おおっ、なんだこれ？　UFO《ユーフォー》か？」

「あ、わたしじゃん」

ヒナタがボソリと言《い》った。

「これヒナタなのか？」

「うん。あのドリンク飲《の》んだら、なんか**ピカピカ光《ひか》るライトをたくさんくっつけた飛《ひ》行機《こうき》**みたいになっちゃって。あれ？　ふたりもそうでしょ？」

ふたりともそうじゃないから首《くび》を横《よこ》にふる。

「やはり君《きみ》だったか。いま、SNS《エスエヌエス》で『謎《なぞ》の発光物体《はっこうぶったい》』として話題《わだい》になっているぞ」

すると、さっきまで目《め》が死《し》んでいたヒナタの表情《ひょうじょう》が、パッと明《あか》るくなった。

「えっ？　わたし話題《わだい》になってるの？　マジ!?」

「ああ、動画《どうが》もたくさん上《あ》がっていて、さまざまな考察《こうさつ》、議論《ぎろん》がかわされているよ。今朝《けさ》、テレビのニュースでも報《ほう》じられていた。こういう目立《めだ》ち方《かた》はまずいんだがな」

「**え――っ、テレビ!?　そうなんだ!?**　えっ、わたしって、もしかして有名人《ゆうめいじん》？」

この場合《ばあい》、有名《ゆうめい》『人《じん》』と言《い》っていいのかわからないけれど、ひとまずヒナタの機嫌《きげん》がなおってくれたようでカケルはホッとする。

ピロンッ

カケルたちのユニバが同時《どうじ》に鳴《な》った。

ディスプレイに緑《みどり》の文字《もじ》が表示《ひょうじ》される。

「おっ、次《つぎ》の任務《ミッション》だ！」

「また、頭《あたま》をかかえそうな任務《しごと》だな」

「今度《こんど》はちゃんと報酬《ほうしゅう》もらうからね！」

今日《きょう》も、放課後《ほうかご》は退屈《たいくつ》しなそうだ。

どんな力《ちから》がほしい？

黒史郎《くろしろう》

『SCP《エスシーピー》ハンター　シャイガイを確保《かくほ》せよ！』、いかがでしたか？

みなさんの好《す》きなSCP《エスシーピー》オブジェクトは出《で》てきましたか？

ぼくは謎《なぞ》や不思議《ふしぎ》なことが大好《だいす》きなので、とっても楽《たの》しく書《か》きました。

未知《みち》の生物《せいぶつ》や、不思議《ふしぎ》な現象《げんしょう》って、ちょっとこわいものもあるけれど、ワクワクしますよね。

カケルや、ヒナタや、アユムも、きっとおなじ気持《きも》ちです。

今回《こんかい》はちょっと大変《たいへん》な任務《ミッション》だったけど、3人《にん》ともワクワクしてくれたはず！

そんな3人《にん》の活躍《かつやく》を書《か》くのも、すっごく楽《たの》しいんです！

カケルたちには、これからどんな任務《ミッション》が待《ま》っているのでしょう。

どんなSCP《エスシーピー》オブジェクトと出会《であ》うのでしょう。

3人《にん》の能力《のうりょく》の秘密《ひみつ》は、いつかわかるんでしょうか？

そういえば、このお話《はなし》を作《つく》りながら、ずっとこんなことを考《かんが》えていました。もし自《じ》分《ぶん》が、カケルたちみたいな特別《とくべつ》な力《ちから》をもらえるとしたら、どんな力《ちから》がほしいかなって。

みなさんは、どんな能力《のうりょく》がほしいですか？

その能力《のうりょく》を、どんなふうに使《つか》いたいですか？

もし、その能力《のうりょく》を使《つか》えたら、カケルたちのチームに入《はい》ってくれますか？

SCP《エスシーピー》ハンターに！

おっと、これは大切《たいせつ》なことなので言《い》っておかないといけません。

知《し》らない人《ひと》に声《こえ》をかけられたら、絶対《ぜったい》について行《い》かないでくださいね！

秘密基地《ひみつきち》へ行《い》こうなんて誘《さそ》われても行《い》っちゃダメです！

カケルとヒナタには、ぼくからしっかり言《い》っておきます。

——おや、ユニバに次《つぎ》の指令《しれい》が届《とど》いたようです。

では、また次《つぎ》の任務《ミッション》で！

S《エス》C《シー》P《ピー》オブジェクト 調《ちょう》査《さ》報《ほう》告《こく》書《しょ》

今回《こんかい》出会《であ》った異常存在《いじょうそんざい》についてだ。
しっかり勉強《べんきょう》しとけ。

アイちゃんやポドちゃんたちのこと、
もっと知《し》りたーい！

次《つぎ》はどんなヤツに出会《であ》えるかなあ。

SCP-096

シャイガイ

オブジェクトクラス／**Euclid** ユークリッド

顔《かお》を見《み》た相手《あいて》を地《ち》の果《は》てまで追《お》いかけ、命《いのち》をうばう怪人《かいじん》。

顔《かお》の写真《しゃしん》や映像《えいぞう》を見《み》ただけでもアウトだ。しかし、絵《え》の場合《ばあい》には問題《もんだい》ないと報告《ほうこく》されている。
アゴは人間《にんげん》の約《やく》4倍《ばい》の大《おお》きさに開《ひら》く。
両腕《りょううで》は150センチほどの長《なが》さ。
走《はし》る速度《そくど》は、遅《おそ》い時《とき》でも時速《じそく》35キロメートル。100メートル走《そう》を10秒《びょう》ほどで走《はし》りきる速《はや》さだ。

5×5×5メートルの鋼鉄製《こうてつせい》の独房《どくぼう》に収容《しゅうよう》し、週《しゅう》に1度《ど》、独房《どくぼう》に穴《あな》やさけ目《め》がないか検査《けんさ》を行《おこな》っている。許可《きょか》を得《え》ずに写真《しゃしん》や映像《えいぞう》を撮《と》ることは、固《かた》く禁《きん》じられている。

SCP-540-JP-A

ンボボボさん

オブジェクトクラス／Safe セーフ

小学校《しょうがっこう》で見《み》つかった、「んぼぼぼ」という言葉《ことば》をしゃべる怪人《かいじん》。

耳《みみ》や目《め》、鼻《はな》、口《くち》は
肉眼《にくがん》では見《み》えない
ほど小《ちい》さい。
ごわごわの袋《ふくろ》を
かぶったような頭《あたま》。
体操《たいそう》着姿《ぎすがた》で身長《しんちょう》は
160センチほど。
一切《いっさい》文字《もじ》が書《か》かれていない
本《ほん》を持《も》ち歩《ある》いている。

こちらの問《と》いかけに反応《はんのう》することはなく、知性《ちせい》があるかどうかは不明《ふめい》。鼻《はな》や口《くち》が小《ちい》さいせいか、呼吸《こきゅう》がうまくできておらず、財団《ざいだん》の施設《しせつ》にて治療《ちりょう》や研究《けんきゅう》を行《おこな》っている。

SCP-504

批《ひ》判《はん》的《てき》なトマト

オブジェクトクラス／Safe セーフ

つまらない冗《じょう》談《だん》を聞《き》くと、ものすごい速《はや》さで発《はっ》生《せい》元《もと》めがけて飛《と》んでいくトマト。

見《み》た目《め》は一般的《いっぱんてき》なトマトと変《か》わらない。
時速《じそく》160キロメートルまで瞬時《しゅんじ》に加速《かそく》する。最終的《さいしゅうてき》な速度《そくど》は冗談《じょうだん》のくだらなさなどによって変《か》わるようだ。

トマトが当《あ》たった職員《しょくいん》は骨折《こっせつ》したり、命《いのち》を落《お》としたりしているため、速度《そくど》の実験《じっけん》は人《ひと》ではなくボイスレコーダーを使《つか》うべきだとされている。また、世話《せわ》をする職員《しょくいん》は、冗談《じょうだん》を言《い》わないように指導《しどう》されている。

SCP-1793

幸《しあわ》せウサちゃん!

オブジェクトクラス／Euclid ユークリッド

ものを出現《しゅつげん》させる能力《のうりょく》を持《も》つウサギ。

見《み》た目《め》は9歳《さい》の雄《おす》のアナウサギ。
ふだんよりエサの時間《じかん》が遅《おく》れるときには、野菜《やさい》を出現《しゅつげん》させることもある。

絵画《かいが》などのコピーはすぐに作《つく》りだすが、機械《きかい》の場合《ばあい》は15分《ふん》ほど、食料《しょくりょう》は30分《ぷん》ほどかかる。作《つく》りだす機械《きかい》はハイスペックで実際《じっさい》に使《つか》えるが、野菜《やさい》は一般的《いっぱんてき》なものより栄養価《えいようか》が低《ひく》いと報告《ほうこく》されている。

SCP-983

バースデー・モンキー

オブジェクトクラス / **Safe** セーフ

誕生日《たんじょうび》の人《ひと》を一気《いっき》に老化《ろうか》させるサルの人形《にんぎょう》。

見《み》た目《め》はなんの変哲《へんてつ》もない機械仕掛《きかいじか》けのサルの人形《にんぎょう》。しかし、誕生日《たんじょうび》の人《ひと》がさわると、生命《せいめい》を宿《やど》し、宙返《ちゅうがえ》りしたあと歌《うた》いだす。短《みじか》い歌《うた》がくり返《かえ》されるごとに、誕生日《たんじょうび》の人《ひと》は約《やく》1年分老化《ねんぶんろうか》する。

♪ア・リン・ディン・ディン・ディン・ディン、
今日《きょう》はアンタの誕生日《たんじょうび》!

一度《いちど》歌《うた》い終《お》えるたびに鐘《かね》を鳴《な》らす。

バースデー・モンキーと一緒《いっしょ》に歌《うた》うことで、キャンディが生成《せいせい》されることがある。このキャンディをなめると、歌《うた》のせいで進《すす》んでしまった老化《ろうか》が元《もと》にもどると報告《ほうこく》されている。

SCP-131

アイポッド

オブジェクトクラス／Safe セーフ

中央《ちゅうおう》にひとつの青《あお》い目《め》を持《も》つ
一対《いっつい》の涙型《なみだがた》の生《い》き物《もの》。

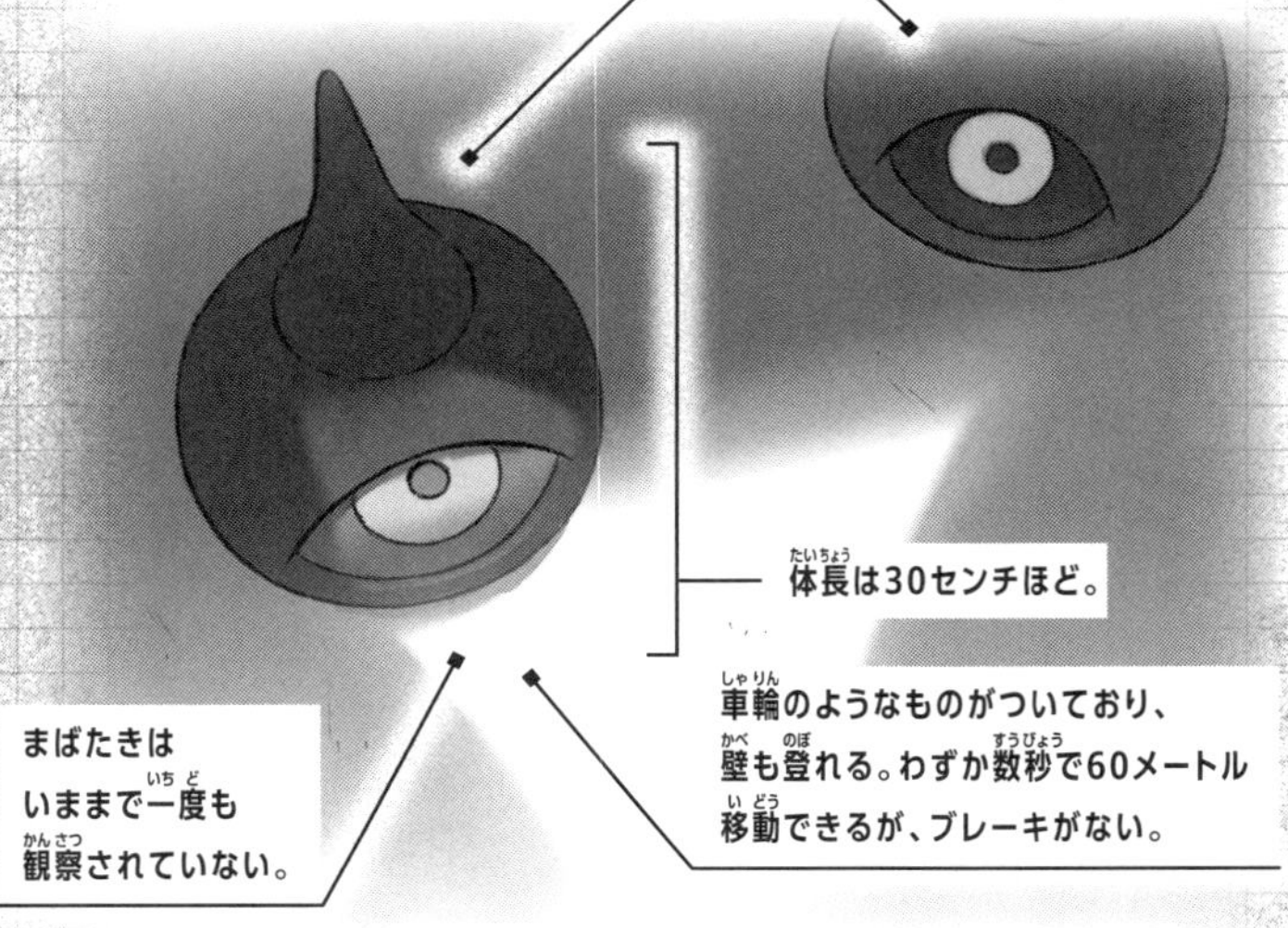
SCP《エスシーピー》-131-A《エー》は
バーントオレンジ。
SCP《エスシーピー》-131-B《ビー》は
マスタードイエロー。
体長《たいちょう》は30センチほど。
車輪《しゃりん》のようなものがついており、
壁《かべ》も登《のぼ》れる。わずか数秒《すうびょう》で60メートル
移動《いどう》できるが、ブレーキがない。
まばたきは
いままで一度《いちど》も
観察《かんさつ》されていない。

ネコと同《おな》じくらいの知性《ちせい》を持《も》ち、とても好奇心《こうきしん》おうせい。財団《ざいだん》の施設内《しせつない》では、仕事中《しごとちゅう》の職員《しょくいん》や、Safe《セーフ》クラスのSCP《エスシーピー》オブジェクトを観察《かんさつ》していることも。なついた相手《あいて》には、どこまでもついていく。

SCP-910-JP

シンボル

オブジェクトクラス／Keter ケテル

描《えが》かれた現象《げんしょう》を発生《はっせい》させる道路標識《どうろひょうしき》。

ふだんは「止《と》まれ」と書《か》かれた道路標識《どうろひょうしき》だが、あらゆる標識《ひょうしき》に変形《へんけい》することができる。
岩《いわ》の他《ほか》、標識《ひょうしき》によっては動物《どうぶつ》や人間《にんげん》、電車《でんしゃ》なども発生《はっせい》する。
標識《ひょうしき》が変《か》わると、発生《はっせい》していた物質《ぶっしつ》は消《き》える。

性格《せいかく》は「いたずら好《す》き」「人《ひと》をはやしたてる」と報告《ほうこく》されており、近《ちか》づいた人間《にんげん》を怒《おこ》らせたり困《こま》らせたりすることが多《おお》い。支柱《しちゅう》を引《ひ》きぬくことは不可能《ふかのう》。

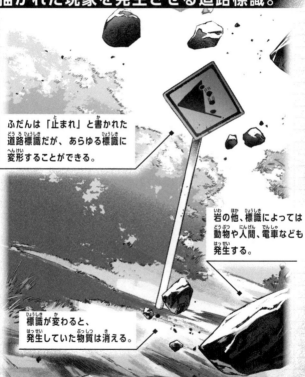

SCP-1939-JP

星《ほし》空《ぞら》散《さん》歩《ぽ》はエナジードリンクと共《とも》に

オブジェクトクラス／**Euclid** ユークリッド

飲《の》むと飛《ひ》行《こう》機《き》になり、
夜《よ》空《ぞら》を飛《ひ》行《こう》できるドリンク。

飛《ひ》行《こう》機《き》の全《ぜん》長《ちょう》は、
飲《の》んだ人《ひと》と同《おな》じくらい。

夜《よる》に飲《の》むと身体《からだ》が飛《ひ》行《こう》機《き》の形《かたち》になり、
高《こう》度《ど》3000メートルまで上昇《じょうしょう》。
円《えん》を描《えが》くように飛《ひ》行《こう》したあと着陸《ちゃくりく》し、
もとの身体《からだ》にもどる。

飛《と》んでいるときには、
どんな天《てん》気《き》の日《ひ》でも
とても綺《き》麗《れい》に星《ほし》が見《み》える。

昼《ひる》に飲《の》んでもなにも起《お》こらないが、
疲《ひ》労《ろう》回《かい》復《ふく》の効《こう》果《か》はある。

日《に》本《ほん》国《こく》内《ない》の鉄《てつ》道《どう》駅《えき》の近《ちか》くで、交《こう》差《さ》点《てん》があり、街《がい》路《ろ》灯《とう》が1基《き》だけある場《ば》所《しょ》に、このドリンクを販《はん》売《ばい》する男《だん》性《せい》があらわれる。回《かい》収《しゅう》されたドリンクは、冷《れい》蔵《ぞう》収《しゅう》容《よう》庫《こ》に保《ほ》管《かん》されている。

クレジット一覧《いちらん》

SCP《エスシーピー》は**世界中《せかいじゅう》のクリエイター**によってつくられた**創作《そうさく》の世界《せかい》**なんだ。

[タイトル] SCP-096 "シャイガイ"
[著者・訳者] Dr Dan・訳者不明
[ソース] http://scp-jp.wikidot.com/scp-096

[タイトル] SCP-540-JP ンボボボさん
[著者・訳者] tsucchii0301
[ソース] http://scp-jp.wikidot.com/scp-540-jp

[タイトル] SCP-504 批判的《ひはんてき》なトマト
[著者・訳者] BlastYoBoots・訳者不明
[ソース] http://scp-jp.wikidot.com/scp-504

[タイトル] SCP-1793 幸《しあわ》せウサちゃん!
[著者・訳者] FlameShirt・gnmaee
[ソース] http://scp-jp.wikidot.com/scp-1793

[タイトル] SCP-983 バースデー・モンキー
[著者・訳者] NekoChris・訳者不明
[ソース] http://scp-jp.wikidot.com/scp-983

[タイトル] SCP-131 "アイポッド"
[著者・訳者] ともに不明
[ソース] http://scp-jp.wikidot.com/scp-131

[タイトル] SCP-910-JP シンボル
[著者・訳者] tsucchii0301
[ソース] http://scp-jp.wikidot.com/scp-910-jp

[タイトル] SCP-1939-JP 星空散歩《ほしぞらさんぽ》はエナジードリンクと共《とも》に
[著者・訳者] FattyAcid
[ソース] http://scp-jp.wikidot.com/scp-1939-jp

[タイトル] SCP-649 冬《ふゆ》でいっぱいのマッチ箱《はこ》
[著者・訳者] AsmodeusDark, Anonymous, Sirslash47・walksoldi
[ソース] http://scp-jp.wikidot.com/scp-649

[タイトル] SCP-243-JP 恩人《おんじん》へ
[著者・訳者] grejum
[ソース] http://scp-jp.wikidot.com/scp-243-jp

※ SCP名《めい》は原題《げんだい》を表記《ひょうき》しています。

作／黒史郎（くろ しろう）

小説家。主にホラー系を手掛け、児童書でも「３分間ミステリー」シリーズ（ポプラ社）や『５分でゾッとする結末 世にもこわい博物館』（講談社）など多くの著作がある。アニメやゲーム、映画関係の仕事もしている。この本のなかでお気に入りのSCPオブジェクトは、シャイガイ。

絵／古澤あつし（ふるさわ あつし）

イラストレーター。『ポケモンカードゲーム』などのカードイラストの他、キャラクターデザインや、人気動画配信者のイラストなどを数多く手掛けている。この本のなかでお気に入りのSCPオブジェクトは、アイポッド。

特殊能力、ぼくもほしい　POPLAR KIMINOVEL

ポプラキミノベル（く-01-01）

SCPハンター

シャイガイを確保せよ！

2024年12月　第１刷
2024年12月　第２刷

作　黒史郎
絵　古澤あつし
発行者　加藤裕樹
編　集　磯部このみ
発行所　株式会社ポプラ社
〒141-8210　東京都品川区西五反田3-5-8
JR目黒MARCビル12階
ホームページ　www.kiminovel.jp
印刷・製本　中央精版印刷株式会社
ブックデザイン　千葉優花子
フォーマットデザイン　next door design

この本は、主な本文書体に、ユニバーサルデザインフォント（フォントワークスUD明朝）を使用しています。

ISBN978-4-591-18403-5　N.D.C.913　210p　18cm

P8051124

©西修（秋田書店）2017
累《るい》計《けい》25万《まん》部《ぶ》突《とつ》破《ぱ》！
あの大《だい》人《にん》気《き》コミックスが
小《しょう》説《せつ》になった！
西《にし》 修《おさむ》／原作・絵
針《はり》とら・吉岡《よしおか》みつる／文
小《しょう》説《せつ》
魔入《まい》りました！入間《いるま》くん
MAIRIMASHITA! IRUMA-KUN
悪魔《あくま》の孫《まご》になってしまったお人好《ひとよ》し少年《しょうねん》・入間《いるま》くんの
楽《たの》しくてシゲキ的《てき》な悪魔学校《バビルス》ライフ、はじまるよ～！

ポプラキミノベル

主《おも》な登場人物《とうじょうじんぶつ》

さすがは入間様《いるまさま》!
いいよ、いいよ!
ねーねー遊《あそ》ぼー!

アスモデウス・アリス

火炎系魔術《かえんけいまじゅつ》を得意《とくい》とする、入試首席《にゅうししゅせき》のエリート悪魔《あくま》。入間《いるま》に忠誠《ちゅうせい》を誓《ちか》っている。

ウァラク・クララ

元気《げんき》で明《あか》るい女子悪魔《じょしあくま》。まったく落《お》ち着《つ》きがなく騒《さわ》がしいため、周囲《しゅうい》から変人《へんじん》・珍獣《ちんじゅう》あつかいされている。

鈴木入間《すずきいるま》

超《ちょう》お人好《ひとよ》しで心優《こころやさ》しい少年《しょうねん》。人間《にんげ》の正体《しょうたい》を隠《かく》しながら、悪魔学校《あくまがっこう》バビルスに通《かよ》うけれど……。

どの巻《かん》も悪魔的《あくまてき》におもしろい!!!!!

❶ 悪魔《あくま》のお友達《ともだち》

❷ 入間《いるま》の決意《けつい》

❸ 師団披露《バトラパーティ》

❹ アクドルくろむちゃんとアメリの決断《けつだん》

❺ 問題児《アブノーマル》でいこうぜ

❻ ウォルターパーク

❼ 悪魔学校《バビルス》からの特別指令《とくべつしれい》

❽ 収穫祭《しゅうかくさい》、スタート!

❾ 若《わか》き魔王《まおう》の冠《かんむり》

❿ 13人目《にんめ》の問題児《アブノーマル》

ポプラキミノベル
レッツゴー！
まいぜんシスターズ
シリーズ累計《るいけい》
10万《まん》部《ぶ》突《とっ》破《ぱ》!!
1～4巻《かん》
好《こう》評《ひょう》発《はつ》売《ばい》中《ちゅう》！
石崎洋司／文
佐久間さのすけ／絵
©MAIZEN

読者のみなさまへ

本を読んでいる間、しばらくほかのことを忘《わす》れて、気分転換《てんかん》ができたり、静かな時間をすごせたなら、それだけで素敵《すてき》なことです。笑ったりハラハラしたり、感動したり、物語を読み進めながら心が動く瞬間《しゅんかん》があったなら、それはみなさんが思っている以上に、ほかには代《か》え難《がた》い、最高の経験《けいけん》だと思います。

あなたは、文章から、あなただけの想像《そうぞう》世界を思い描《えが》くことができたということだからです。

「ポプラキミノベル」は、新型コロナウイルスが世界中に広がり、皆《みな》が今までに経験《けいけん》したことのない危険《きけん》にさらされ、不安な状況《じょうきょう》の最中に創刊《そうかん》しました。その中にいて、私《わたし》たちは、このような時に本当に大切なのは、目の前にいない人のことを想像《そうぞう》できる力、経験《けいけん》したことのないことを思《おも》い描《えが》ける力ではないかと、強く感じています。

本を読むことは、自然にその力を育ててくれます。そして、その力は必ず将来《しょうらい》みなさんをおたがいに助け、心をつなげあい、より良い社会をつくりだす源《みなもと》となるでしょう。いろいろなキミのために、という意味の「キミノベル」には、キミたちの未来のためにという想いも込《こ》めています。

――若者《わかもの》が本を読まない国に未来はないと言います。

キミノベルの前身、二〇〇五年に創刊《そうかん》したポプラポケット文庫の巻末《かんまつ》に掲載《けいさい》されている言葉を、改めてここにも記し、みなさんが心から「読みたい！」と思える魅力的《みりょくてき》な本を刊行《かんこう》していくことをお約束したいと思います。

二〇二一年三月

ポプラキミノベル編集部《へんしゅうぶ》